前世には電気ケトルという、
スイッチ一つでお湯が沸く便利なものがあった。
ああいうのがあれば便利だよなぁ——と思ったけど、
こっちの世界にも似たやつあるじゃない！
お風呂！　火の魔石と水の魔石を使うから、
電気ケトルよりもさらに便利。
水の用意がなくてもお湯が使えるよ！
「命名『魔石鍋』。
できた！」
JN039300
～前世知識とチートなアイテムで、魔王城をどんどん快適にします！～
魔導細工師ノーミィの
異世界クラフト生活
MADOUSAIKUSHI NOMY NO ISEKAI CRAFT SEIKATSU

シグライズ
魔王国軍四天王の序列１位。
倒れていたノーミィを拾った恩人。
見た目は怖いが、
中身は気のいい兄貴肌。
魔王様
魔人たちを統べる王様だが、
威厳はイマイチ……。
日々書類仕事に
忙殺されている。
ミーディス
魔王国の宰相。
見た目通りのクールビューティー。
魔王城のあちこちに
ファンがいる。

ノーミィ
魔王城唯一の細工師。
日本人の前世を持つ
ハーフドワーフ。お酒が大好き。
“魔術紋”と呼ばれる
特別な技術が使える。
アクアリーヌ
国内の魔石流通を
取り仕切る責任者。
ノーミィの同僚で友人。
魔人の母と人魚の父を持つ。

貧しい食生活を送る駐屯地のために
どこでも美味しいご飯が食べられる
魔法の鍋を開発……!?

魔導細工師ノーミィの
異世界クラフト生活
DOUSAIKUSHI NOMY NO ISEKAI CRAFT
～前世知識とチートなアイテムで、魔王城をどんどん快適にします！～
くすだま琴
ILLUST:かるかるめ

イラスト
かるかるめ

デザイン
長谷川有香＋宇都木スズムシ（ムシカゴグラフィクス）

CONTENTS

本書は、二〇二二年にカクヨムで実施された「楽しくお仕事 in 異世界」中編コンテストで優秀賞を受賞した「『ノーミィ商店』の魔細工はドラゴンが踏んでも壊れません！」を加筆修正したものです。

プロローグ

『魔石のお届けに上がりました』

扉越しの声に、わたしは顔を上げた。

金属の部品を広げていた机から慌てて立ち上がり、細工室の扉を開ける。

ランタンに照らされた明るい魔王城の廊下。

文官の制服を身にまとったお姉さんが、にこやかに立っていた。足元の台車には千両箱のような魔石箱が積まれている。

「ありがとうございます！」

扉の下にドアストッパーを差し込んで、頑丈な木の扉を全開にした。

目の前で一つ一つ魔石箱が降ろされていく。

「火魔石が二箱、水魔石が二箱、風魔石が一箱、無属性魔石が……七箱ですね」

文官さんの声と注文書の控えを照らし合わせ、チェックを入れた。

――よし、まずは注文分を全部仕上げてしまって、あとはいろいろ改良したいものや試してみたいことがあるんだよなぁ。うーん、どれから作ろう――!?

うきうきする気持ちを抑え、差し出された紙に受け取りのサインをした。

「はい、注文通りです。いつもありがとうございます」

「こちらこそ細工師さんにはいつも便利なものを作ってもらって、大変感謝しているんですよ」

笑顔で返された去り際の言葉が恥ずかしくもうれしい。締まらない顔で魔石箱を持ち上げた。

魔石箱は小さいけれども、中には石が詰まっているので結構重量がある。

まぁでも、一応ドワーフの血を引いているので、このくらいは軽いもんですよ。

三回に分けて運び、すぐに使う分は棚の手前側に置いてあるカゴに詰め、在庫分はそのまま棚に収めた。

必要なものがきちんと不足なく並んだ棚の、なんと気持ちのいいことでしょう！

部屋をぐるりと見回せば、奥に設置された大型の機械は整備されて磨かれており、いつだってすぐに使える。ドライバーやハサミやタガネなどの大事な道具たちも、手入れをされて使いやすい場所にそれぞれ置いてある。

ここ魔王城の細工室はわたし一人だけの職場で、わたしの城だった。

前世のように気を遣う上司も同僚もいないから、気楽に好きなようにやらせてもらっている。

休みはしっかりあり、仕事はわたしの裁量で自由にできる。なのに、お給料もいいという楽園のような職場なのだ。

片付けは終わった。頼まれていた修理も終わっているし、足りない分のカトラリーも作ったし、ちょっとだけ休憩しようかな。

両手でつかむほど大きい金色のゴブレットを取り出す。そして足の部分にある普通のゴブレットには付いてないであろうスイッチをオンにした。

ガラスポットに入った薬草茶を注ぎ、ちょっと待つ。

――そろそろいいかな？

ぐいっとあおると、ひんやりした清涼感が喉元（のどもと）を通り過ぎていく。

「くーっ、冷えた蜂蜜（はちみつ）薬草茶がしみるーっ！」

お酒じゃないのは大変残念だけど、お仕事中は飲みません。多分。

薬草茶だって美味（おい）しい。爽（さわ）やかな香りと苦味に、華やかな花の香りの蜂蜜がよく合うのだ。しかも疲れが取れるのもうれしいところ。

「――ノーミィ、お願いしていた印璽（いんじ）の修理は終わっていますか？」

はっと振り向いた。

そういえば、荷を運び入れるのに扉を開け放したままにしていたっけ。

入り口から姿を見せていたのは、麗しの女宰相ミーディス様だった。

艶（つや）やかな深紫の髪と制服のマントをなびかせ、颯爽（さっそう）と入ってくる。耳の上のツノは優美にカールを描き、トレードマークのモノクルの奥の金色の瞳（ひとみ）は柔らかく細められている。本日もまことにもってお美しいです。

わたしは手にしていたゴブレットを机に置き、ミーディス様を見上げた。

「終わっています。後でお届けしようと思っていたんですよ。確認していただけますか？」

預かり物を入れておくカゴから印璽を取り出す。

この印璽は手紙の封蝋をするシーリングスタンプだ。魔王国の紋章をとり囲むように蔦が配置された、宰相章が描かれている。

全体を軽く触り最終チェックをして、ミーディス様に手渡した。

「持ち手と印璽を繋ぐ部分が摩耗していたので、がたがたしていたみたいです。繋いでいる部品を取り替えたので、またしばらく使えると思いますよ」

ミーディス様のしっかりとした長い指になら、指輪印章も似合いそう。わたしの小さい手だと、おもちゃにしか見えないと思うけど。

「ええ、たしかにがたつきはなくなっていますね」

「よく使うものはそれだけ摩耗しますからね。また調子が悪くなったらいつでも言ってください」

「我慢して使うか買い替えるしかないかと思っていましたよ、ノーミィ。助かります」

今も感謝されるのに慣れなくて、くすぐったい。でもやっぱりうれしい。

「あ、あと、蝋温器の方も掃除をして火魔石を交換しておきました」

「蝋がなかなか溶けないと思っていましたが、魔石が終わりかけていたのですか」

「魔石の魔力はあと少し残ってたんですけど、欠けたかけらで接触不良を起こしていたみたいです。

魔力が少なくなってくると脆くなるので仕方ないんですけどね。これまで使えていてよかったです」

もう少し使えそうな魔石は磨き直して、交換しやすい細工品に使えばいいし。

宰相閣下が優秀な者には特別手当を出さなければと言い募るので、いえ普通の仕事なので結構ですなどと返していると。

ミーディス様は机の上のものに目を留めた。

「ノーミィ、その妙に大きなゴブレットはなんですか」

いいところに気付いてくれました！

「これは冷え冷えゴブレットです！　炉を使っていると暑くて、冷たい飲み物が欲しくなるので、作ってみました」

「また珍妙な名のものを……」

「でも、ミーディス様。ひんやりとしたミルクに、冷たくさっぱりとしたお茶、きゅっと冷えた白葡萄酒。そして濃厚な甘さと刺激と冷たさが喉で主張する蜂蜜酒の発泡水割りとか、飲みたいじゃないですか！」

わたしは冷たい飲み物を熱く語り、自分が使っていたゴブレットを作業台横のシンクで洗った。

「――ちょっと待っててください」

新たに薬草茶を注ぐ。スイッチは入ったままだから、すぐに冷えるだろう。

「どうぞ。お試しください」

ミーディス様は差し出したゴブレットをしげしげと眺めてから、口を付けた。

「――なんと冷たいのでしょう！」

目がカッと見開かれた。

魔王国では冷たい飲み物が少ない。

山の上にあるので井戸水も少ないし、水魔石から作られる水も魔法で出す水も冷たくない。

「スイッチをオンにしておけばずっと冷たいままなんですよ」

喜んでもらえたのがうれしくてそう説明すると、ミーディス様は驚いた後に笑みを浮かべた。

「この冷たさが続くというのですか！　ああ、喉を通り過ぎる冷たさが心地よい……。このお茶自体も美味しいですが、冷たさがさらに美味しくしていますね」

そうなんですそうなんです！　ぬるいまろやかな味もいいのですけど、このきゅっと冷たいのは得がたい魅力がありますよね！

「ノーミィ、これは幻と言われる氷魔石を使っているのでしょうか？」

「いえいえ、氷魔石があればよかったんですけど、持ってないんです。あれはかなり希少ですしね。そこで［冷場］という魔術紋を使ってみたんです」

冷えそうな名前だったから使ってみたけど、上手(うま)くいってよかった！

「［冷場］……。その名は、もしや結界なのでは……」

「え、結界？　そうなんですかね？　よくわからないんですけど、いい感じに冷えます。魔術紋を台座に使ったので少し大きくなってしまいましたが、その分いっぱい飲めますし！」

「冷えた飲み物のために容器に結界を作るとは……。なんという才能と労力の無駄遣い……。いえ、これが神より与えられた、ありあまる才能ということなのでしょう……。我が国の最高細工責任者殿は本当に規格外で……」

なんだかミーディス様が遠い目をしているけれども、わたしはこぶしを握って力説した。

「熱い仕事や熱いものを食べて汗をかき、そこに冷たいものをゴクゴク飲む爽快感（そうかいかん）！　あの喉越し！　刺激！　あれのためであれば、労力など大したことはありません！　熱々の脂したたる鶏の串焼き（くしや）を食べてハフハフとなったところに飲む冷え冷えのお酒！　最高です‼」

「なんという破壊力……！　それは大変惹（ひ）かれますね。その魔導細工のゴブレットは、買うことができるのですか？」

個人的なものは全部、地金も魔石も自前のもので制作しているので、プレゼントも自由なのです！　日頃お世話になっている宰相閣下にはぜひ使っていただきたい。

「あ、作って今度お持ちします！　ぜひ冷え冷えを楽しんでいただきた……」

何かの気配を感じ、入り口をはっと見た。

廊下から覗（のぞ）く魔王様と目があった。

魔王国の頂点に立つ最高権力者が、黒い長い前髪でも隠し切れない、うらやましそうな悲しそうな目でじっと見ていた。天に向かってまっすぐ生えたツノも、そんな訳ないのにしょんぼりして見えた。

う……。

そうだよ、いつも慣れない書類仕事をがんばっている魔王様にも、ちょっとした楽しみとして冷え冷えゴブレットは必要だよ……。

「ま、魔王様の分も作りますね……？」

「我の分も作ってくれるのか！」

「も、もちろんです」

パーッと明るくなった魔王様は大きな体でいそいそと細工室へ入ってきた。背中のコウモリのような羽も、うれしそうに小刻みに揺れている。

そして手に持っていた物を机に置いた。

「我も修理を頼みたい物があったのだ。これが時々動かなくなるのだが、見てもらえるだろうか？」

「はい、おまかせください！」

見上げた魔王様と宰相閣下に笑顔で答え、わたしはドライバーを手に取った。


細工師として受け入れられて、仕事を認めてもらって、笑って、お腹いっぱいで。

こんな生活が待っているなんて、二か月前のわたしは思いもしなかった。

第一章　魔王城を明るくします！

「――ノーミィ……今まで黙っていたが、おまえは本当はドワーフではないだよ……」

「えええええ⁉　なんて⁉」

布団の中でぐったりと目を閉じ、もう今にも死の館に召されてしまいそうな父ちゃんが、ここに至って大変なことをぶちかました。

「わたし、父ちゃんの子じゃなかっただか⁉」

「いや、父ちゃんの子だ……だからハーフドワーフちゅーことになるだな……」

「――ハーフドワーフ……」

わたしは父ちゃんの手を握りながら、呆然（ぼうぜん）とつぶやいた。

なんとなくみんなと違うなとは思っていたのだ。

地下に住む他のドワーフたちの髪は、赤茶や焦げ茶色など多少の違いはあるがとにかく茶色だ。

そんな中、わたしの髪は金色だった。

お宝だと思われて狙われるからって、家の外ではずっと帽子をかぶっているように言われていた。

それに、背が低くがっちりとした体型のドワーフたちの中で、わたし一人ひょろりと細く背が高かった。

醜い子と言われろくに口をきいてもらえなかったが、まさか種族が違うとは。

「か、母ちゃんは⁉　母ちゃんは何だっただ⁉」

「わからんだ……聞いたことなかっただ……父ちゃん、母ちゃんがなんでもよかっただ…………でも、可愛かったから、ノーム様だったんじゃないかと思うだよ…………」

「こんな時にノロケだか⁉」

小さいころに亡くなった母ちゃん。

微かに記憶に残る姿は、金髪で細くてたしかに可愛かった。

でも、間違いなくノームではない。ノームは生き物ではなく妖精だ。

「……これでもう、思い残すことはないだ……ああ、母ちゃんが迎えに来ただ…………」

「と、父ちゃん、気をしっかり持つだ！　もう少しがんばればよくなるだよ！」

「じゃあな、ノーミィ。幸せにな………」

「父ちゃん⁉　父ちゃん‼‼　――――うわぁぁぁぁぁぁぁん‼‼」

父ちゃんは死の館に召された。

地上の森に魔石を採りに行った帰りに、大猪に襲われ噛まれたのだ。逃げのびて家に帰ってきたものの高熱が下がらず、こんなことになってしまった。

わたしはしっかりとドワーフ帽をかぶり、村長のところに行って泣きながら報告した。すると、嫌そうな顔をされたが、お墓は村の共同墓地を使っていいと言われた。

「おまえの父さんは代々この村に住む者だったからいいが、醜いおまえはここにはいらない。明日の朝までに家を出る準備をしておくだよ」

「……え……家を、出る……？　じゃ、わたしはどうなるだ……？」

「そんなもの村から出ていってもらうに決まってるだ」

「そ、そんな………」

石掘りはできるし魔石磨きの仕事もできる。細工品だって作って納品できるからこのまま置いてほしいと言いたいのに。

口は震えるばかりで、とっさに返すことができない。

「で、できる……だ……。この、まま、ここに……」

「うるさい！　おまえの住むところはないだ！　さっさと戻って荷物をまとめるだ！　――おいおまえたち！　これをつまみ出すだよ！」

外に投げ捨てられて、泣きながら家に戻った。

家に戻ったわたしは、まずは父ちゃんを手押し車に乗せて墓地まで連れていき、空いていた石のお墓の中に寝かせた。

村の中では一番非力だが、このくらいはできるのだ。

石の蓋を置き、その上に父ちゃんの名前を彫っていく。

タガネにコンコンと槌を打ちつけながら、父ちゃんと母ちゃんのことを思った。

「……父ちゃん、わたし、村の外に出ないとならないみたいだ……。もうここには来れないかもしれないけど、死の館で母ちゃんと仲良くするだよ」

慌ただしい別れを済ませた。

母ちゃんの墓は地上の森の中にある。行くのは難しいかもしれない。

帰りにもう一度、村に置いてもらえるようお願いしようと村長の家の前まで行くと、自分の話をしているようだった。

「——これでやっとあの厄介者を追い出せるだ。家も一軒空くし、いいことばかりだ！」

「オイラたちの住むところができるだか⁉」

「そうだ。可愛い息子夫婦に家をやるだよ！」

「あそこは代々あの家のものじゃなかっただか？」

「ドワーフじゃない者は、この村に住ませられないに決まってるだ」

「そうだそうだ」

「でも、恨まれたら何されるかわからんだよ。なんの種族が混じっているのかわからんだし」

「朝になって地上に追い出せばドワーフなら陽の光で死ぬださ。もし生き残っても父親と同じ大猪に襲われるしかない。どっちにしろ生きちゃいられないだよ」

「そりゃ、ちがいねぇだな！」

――ワハハハハハ……。

村の者たちの笑い声が聞こえた。

『じゃあな、ノーミィ。幸せにな………』

父ちゃんの最期の言葉が耳によみがえる。

心臓がぎゅーっと痛くなった。

胸を押さえて、家まで走った。

涙は出なかった。

早くここを出なくてはならない。

村から出るのは怖いが、死にたくもない。

わたしは急いで家を出る支度を始めた。

魔石掘りの時に使っていた、母ちゃんの形見の肩掛けカバン。これは血族で受け継がれるらしく、わたししか使うことができなかった。しかもおかしいくらいに、なんでもいくらでも入った。その中に、持っていく物を入れていく。

仕事道具、残っていた魔石、自分で作った細工品、素材、服、両親の形見、代々受け継がれてきた数少ない装飾品。

必要な物と、どうしても持っていきたい物だけカバンに入れて家を出た。

今は夕刻。

夜になったら、掘り仕事や狩り仕事の者たちは地上の森へ出て行き、荷運びの者たちは荷馬車を走らせる。

わたしは誰にも見られないように周りを気にしながら通りを歩いた。

そして村の一角に準備されていた荷車の幌(ほろ)の中へ忍び込んだ。さらに中の荷に掛けてあったシートの下へ潜り込む。

ドワーフの作る武器や道具、加工した石などは、他種族に人気がある。

だから、他の国と取り引きするための荷車があちこちに停まっているのだ。

人間の国、獣人の国、魔人の国。——エルフの国とは取り引きしていない。

この荷馬車がどこへ行くのかはわからないが、陽の光や森の魔獣に殺されるよりはきっといい。

もし母ちゃんの生まれた国なら、わたしと似たような者たちが暮らしているかもしれない。

そこでなら、もう醜いと言われないかもしれない。

息を潜めて待っていると、周りが騒がしくなりナイトホースのいななきが聞こえた。

そして荷馬車は動き出した。

荷馬車はずっと地下を走っていた。進んでも進んでも地下の国だ。

陽に弱いドワーフたちが暮らす地下の国は、いくつもの村や町から成っていると村の学校で習った。

地上の森に行く他は、隣町にしか行ったことはなかった。だからわたしは地下がこんなに広いことを知らなかった。

荷馬車は時々休憩所に停まったので、その隙に降りて手洗いへ行った。

お腹が空いたらカバンの中からパンや木の実を出して食べる。

朝になると長く停まって、夕になると動き出すというのに合わせて寝たり起きたりした。

それを三回ほど繰り返し。

ある時、荷馬車は坂をぐんぐんと上りだした。

幌のうしろから転がり落ちないように荷馬車の縁をぎゅっとつかむ。

上って上って、このままどこに連れていかれてしまうのだろうと不安になったころ、ゆるやかに平坦な道に戻った。

馬車の音が変わった。

幌の隙間から覗くと、闇だった。これは地下の暗さではない。もっと広く奥まで暗い、透明な闇。

どうやら外に出たようだ。

そのうち荷馬車はゆるゆると停まり、声が聞こえた。

「──手形を見せろ」

「──これだ」

「──ドワーフの国ダサダサ村1の3だな。通ってよし！」

聞こえたのは共用語だった。

共用語は隣町へ買い物に行った時に使っていた。ドワーフ語も村や町で言葉が違うから共用語というのを学校で習うのだ。

ここがどこかわからないが、言葉が通じるようでよかった。

再度走り出した荷車のうしろ側から覗くと、大きな壁と門が遠ざかっていくのが見えている。

どこかの国か町の中に入ったということかもしれない。

通りをゆく者が見え、荷馬車のスピードが落ちてきたのを見計らってわたしは荷車から飛び降り──損ねた。

縁に足が引っかかり、頭から地面に落ちる────‼


────ガッ。

衝撃とともに、意識が途切れた。

ひどい夢だった。

目覚めかけていて、これは夢だって思いながらそれを見ていた。

自分がドワーフだとかいうおかしな夢――いや、ドワーフではなかった。

亡くなる間際の父ちゃんに、お前はドワーフじゃないんだと衝撃の告白をされた。

驚きのあまりそばにあった扉の中に入ると、真っ黒な影たちがみっちり詰まった電車の中だった。

そうだ会社へ行くんだと、押しつぶされる苦行に耐えながら会社に行き、ピアスのポストをロウ付けしてロウ付けしてロウ付けして、やってもやっても終わらなくて、村のドワーフたちにまったく仕事ができない役立たずと石をぶつけられて――。

……そうだ。わたしは前世を生きていた。そして違う世界に転生したってことだ……。

日本、前世、輪廻転生。

わたし、ノードワーフ、イエスハーフドワーフ。

パンドラの箱の蓋が開け放たれたように情報が吹き出し氾濫して、そのうちすーっと波が引くようにあるべき場所へと収まっていく。

――わたしはノーミィ。ニホンの馬車馬出身のハーフドワーフ。過労で倒れドワーフの国からやってきた。

ん⁉　何それ⁉⁉⁉⁉

はっと目を覚ますと、頭にツノを付けた大きい者が覗き込んでいた。

「おお？　嬢ちゃん、起きたか？」

「……ヒェッ‼」

ここが地獄か！

濃灰色のもじゃもじゃ頭から、まっすぐ上を向いたツノが左右に生えている。

これは鬼。まごうことなき灰鬼。もしくは獄卒。日本の昔話に出てくるやつ。文明的な革鎧（かわよろい）を着ていても、だまされませんよ！

抱き上げられていたのをあわてて降りようとすると――頭にするどい痛みが走った。

「……いたたたたた……」

そういえば、馬車から華麗に飛び降りようとして、無様に頭から落ちたんだった……。

「治癒が先ですね。シグライズ、ソファに下ろしてください」

薄暗い部屋の中は応接間か何かなのか、重厚なテーブルに向かう革張りソファへ下ろされた。

灰鬼の代わりに今度は、モノクルを目元にかけた美女が覗き込んでくる。

ブラックのパンツスーツに身を包み、切れ長の鋭い目が見下ろしている。敏腕秘書か切れ者執事といった風。

深紫色の長い髪の前側をオールバックにしていて、ひと房だけ落ちている。その頭にもやっぱりツノがある。耳の上あたりから生え、少しカールして後ろ向きになっているのがお洒落な感じ。でも、やっぱり怖い。

「あなた、言葉はわかりますか？」

「嬢ちゃんはノームかもしれん。ミーディス、ノーム語わかるんか？」

「わかるわけがないでしょう。ノームは妖精ですよ」

「……ノ、ノームじゃないです……。言葉、わかります……」

「それはよかったですよ。血を流して道に倒れていたあなたを、そこのシグライズが拾ってきたのです。今、怪我を治します。少し痛いかもしれませんが、我慢してください」

モノクルの美女が、人差し指をこちらに向けた。

「――ぅ」

一瞬ずきっと痛かった。

けど、じんわり温かくなって痛みが引いていった。頭の中もすっきりした気がする。

「ま、魔法……？」

なんということだ。これ、本物の魔法だ……。

わたしにも魔力はあって、魔石磨きに魔力を込めたりしていた。けれど、魔法なんてドワーフの村にはなかった。

「ええ。治癒魔法は初めてですか?」

うなずくと、大きい者たちはそろって首をかしげた。

「大きさは一四〇センツくらい――ドワーフに近いですね。魔法に慣れていないのもドワーフならあり得ることです」

「ドワーフのじっちゃんはもちっと小さかった気がするが、ワシは一人しか知らんからなんとも言えんなぁ」

「私もそんなに会っていませんよ。ドワーフはなかなか国から出ないですからね。ですが――この小さき者は、他のドワーフと色や髪が違います」

そうか、ドワーフじゃない者たちから見ても、わたしはドワーフっぽくないんだな……。

「……ハーフ、ドワーフです……」

「ハーフドワーフですか。――職はなんですか」

「え、職……?」

そこは、「なんでこの国にいるんだ」とか、「なんのハーフだ」とか、聞くところでは……?

「あ、え、と……石が掘れます。あの、細工師です……」

「採用!」

「はい⁉」

「おい、ミーディス。そんな勝手に決めたらだめだろうよ。嬢ちゃんにだって親とか仲間とかいるかもしれんだろうが」

「魔王国には珍しいドワーフが複数いたら目立つでしょう。ここまで情報が入ってくるはずです。ですが報告は入っていません。ということは、いないということですよ。——小さき者、違いますか？」

「あっ、違いません……わたしだけ、です……」

「採用！」

「だから落ち着けって。嬢ちゃんが一人だとしても、事情も都合もあるだろうに」

「だからとて、このままランタンの墓場ばかり増やすわけにいかないのですよ！」

ランタンの墓場って何⁉

知っている言葉と知っている言葉が合わさっても、知っている言葉にならないなんて⁉

ランタンは生き物じゃないし、死なない。

意味がさっぱりわからないという顔をしていたのだろう。

モノクルの美女が、ずいっと顔を近づけた。

「我が魔王国では今、ランタンの光魔石が切れたらランタンを買い換えるのです」

――――魔王国。

ここは魔人たちの国、魔王国らしい。

この世界の種族については村の学校で一通り習っていた。魔人は魔法が得意な種族だ。魔力が豊富な、魔の山に棲んでいる。ドワーフの作る細工品の取引相手としては、獣人の国を抑えてトップ。

っていうか、え？　魔石が切れたら、ランタン自体を買い換える……？

「え？　光魔石を取り換えるのでなく……？」

「ドワーフの爺殿が亡くなってから、それをできる者がいないのです。いえ、私たちだって努力はしました。ですが、ランタンの下側は開かず、ガラスを割って魔石を取り出した物は、新しい魔石を入れても点きませんでした。あれらはドワーフのみが換えられる技が使われているのでしょう。ドワーフの商人たちは値をつり上げ、ランタン代はふくれあがり、国庫は真っ赤な火車猫にかじられ放題なのですよ！　わかりますか⁉」

火車猫とは大きい猫の魔物で、大猪よりも大きい。

そんなのにかじられたら、金庫だって壊れるかもしれない。怖っ！

ドワーフのがめつい商人に足元を見られてふんだくられ、火車猫に金庫をかじられ、魔王国はふんだりけったりらしい。

ツノが怖いと思っていたけど、なんかだんだん気の毒になってきた……。

「どど同族の非情なふるまい、たた大変申し訳なく思います……」

「そう思いますか。でしたら申し出を受けなさい、小さき者。我が魔王国の最高細工責任者の席を用意しましょう。――それで構いませんね？　魔王様？」

魔王、様――――？

大きい者たちが、背後を振り向いた。

すると真ん中がぽっかり空いて、二人のうしろにもう一人が見えた。

部屋にはわたしを入れて三人しかいないと思っていたら、もう一人いたのだ。

こんな大きい者がいたことに気付かなかったなんて。

片方の目にかかる髪は黒々とした闇色をまとい、見えている瞳（ひとみ）は赤色だった。その頭には天へと向かう立派な長いツノが生え、背にはコウモリのような形の大きな黒い羽。ひと際背の高い体は黒い服に包まれ、小山のようだった。怖い……！

魔王様と呼ばれたとにかく大きい者は、重々しくうなずき低い声で言った。

「採用」

なんだかよくわからないけど、ドワーフ村を追い出されたハーフドワーフ、再就職決まりました……………？

前世、日本でのわたしは貴金属加工の会社に勤めていた。

ジュエリー制作現場での作業は、ピアスのポストを立てたり、ペンダントトップの丸カンをロウ付けしたり、リングの石留めをしたり。

世情もあって材料は安価な真鍮（しんちゅう）や人工石に変わっていき、作る数は恐ろしいほど増えた。

憧（あこが）れて入った業界だったし好きな仕事だったのに、毎日毎日朝早くから夜遅くまで機械のように作業してノルマを終わらせるだけの生活で疲れ切っていて。

帰宅の途中、プッという音とともに視界が暗転したのが最後の記憶だ。

そして、ドワーフやら魔人やらの種族がいて魔法がある世界に転生したと。

異世界でファンタジーなハーフドワーフなんてものに生まれついたというのに、またブラックに働いていたってどういうことなの！

割り振られた仕事を村長に納品する形だったのだけど、カットして磨いた魔石の数はわたしが一番多かった。作ったランタンだって一番綺麗（きれい）で数も多かった。

なのに稼ぎは雀（すずめ）の涙だったな……。

冷静になった今ならわかる。同じように働いていたはずの他の家はそんなに苦しそうじゃなかっ

た。

ようするに、安く働かされていたってことなのだろう。

「――で、最高細工責任者殿、名はなんというのですか？　私はこの魔王国の宰相、ミーディス・ウェタ・ヴェズラン・ゴールディア。ミーディスで結構ですよ」

モノクル美女は宰相だった……。

宰相ってすっごい偉い人だ。王様の次くらいに偉い人。日本の会社で言えば専務取締役とかそんな感じ。

村の学校の知識しかなければ知らなかっただろう。でもわたしには前世の知識があった。恐れ多過ぎて知らない方がよかった。

小心者のハーフドワーフはすでにブルブルしているというのに、灰色もじゃもじゃまで続けて話してくる。

「ワシは魔王国軍の長（おさ）であり四天王序列一位、シグライズ・ストラ・ライテイ・ドラゴリアだ。シグライズでいいぞ。そしてこちらにおわすのが我が国の王、アトルブ・コン・フェザ・マジカリア様である」

序列一位！　四天王のうちでも最弱じゃないどころか、軍のトップですと⁉

さらに国の王！　国王！　魔王様‼　羽が付いてる！　コウモリみたいな大きいやつ！

もうどうしたらいいのかわからない‼

村では誰も相手にしてくれなくて、まともに話できたのは父ちゃんだけだった。

けれど、前世では普通に話せていたよなって思い出した。このお偉い方々と同じ職場で働く流れみたいだから、コミュニケーションとらないと。相互理解を深めるためにも恐れることはない、話せばわかる！

自分の心を奮い立たせて前方を見上げた。


ツノ、ツノ、ツノ、羽。


やっぱり無理‼　怖い‼　助けてもらってありがたいけど怖い‼

ツノと羽だけでも怖いのに、宰相に四天王に魔王だよ⁉　いっしょに働くなんてないでしょ！

仕事で失敗したらぺろりじゃない⁉　それとも油断させて太らせてぺろり⁉

そうだ、死んだふりをしよう。この状況を切り抜ける術（すべ）を、わたしは持たない。使い物にならないと城外に捨てられたら逃げよう。うん、それだ。

一瞬のシミュレートの後、床に倒れ込もうとした時。

前に出てきた魔王様に腕をつかまれた。

「おぬしの名は」

「あ、あ、わ、わたしは、ノーミィです……」

「門名は持たぬのか。では、前最高細工責任者ドマイス・ラスメード・ドヴェールグの家名と門名を継ぐがよい」

「大変よろしいかと思います、魔王様。——では、小さき者。今後はノーミィ・ラスメード・ドヴェールグと名乗りなさい」

「ははははい……ありがとうございます……」

わたし、流されました。こんなに恐ろしいと思っているのに！

前世でも、長いものに巻かれて流れに流され生きてきた。一回生まれ変わったぐらいじゃ変わらないものだな。

でも落ち着いて考えてみれば、悪くない話だった。

住むところも行く当てもなく、どうしたらいいのかも考えていなかったのに、細工師として雇ってもらえるなんて。大変ありがたいことだよ。職場のみなさんがちょっと怖いけど。

立派な名をもらい、魔王国の一員となることが決まった。

ノーミィ・ラスメード・ドヴェールグ。……ちょっと長いな……。覚えてられるかな。

宰相ミーディス様の説明によると、最高細工責任者は城内の細工品の管理・修理を一手に担う。

最高細工責任者とはいうものの細工師は一人なので、全部自分でなんとかせよということらしい。作業のスケジュールも自分で組んで自由にやっていいみたいで、やりがいがありそうだ。ちょっとやる気になってきたよ。

お給金は週払いで、鷲（ワシ）の日に金貨二枚が払われるとのこと。

暦は六曜五週で一か月。なので、一か月で大金貨一枚になる。ドワーフの村では父ちゃんと二人で働いてもその半分にもならなかったから、すごくいい待遇だ。

暦もお金もドワーフの国と同じでよかった。やっぱり取り引きがある国同士は、言葉や曜日が共通している方がいいんだろうね。

ざっと説明し終えて、ミーディス様は腰に付けていた鍵束（かぎ）から鍵を一本外し、四天王の一角シグライズ様に手渡した。

「住むところも前任者と同じところでいいでしょうね。シグライズ、案内を頼みます」

「それでは我もいっしょに――」

「魔王様は仕事が残ってらっしゃいます」

「ひどい……」

「ひどいのはどちらですか。私だって町に飲みに行きたいというのに……」

ミーディス様に連行されていく魔王様の、小山のようなうしろ姿を見送った。

「――おお、そうだ。ほれ」

シグライズ様がわたしの頭にぽんと何かを載せた。

手に取ってみると、村を出た時からかぶっていたはずのドワーフ帽だった。

「倒れていたおまえさんの近くに落ちてたんだ。嬢ちゃんのだろ?」

「は、はい。あ、ありがとう、ございます……」

とんがりがくたりと垂れたドワーフ帽を、しっかりとかぶった。でも髪は中に入れなかった。

魔王国のお偉いさんたちの髪色はカラフルで、わたしの金色の髪も何も言われなかったから。

「さ、嬢ちゃんも行くぞ。腹、減ってるかー?」

「え、あ、はい……。ちょっと……」

「よーし、おっちゃんがおごってやるぞ!」

ニコニコするシグライズ様につられて笑ってしまう。さっきまで怖いと思っていたのに、わたし
というやつはなんと現金なのか。

誰かがおごってくれるなんて、前世の上司以来のことだった。

石造りの部屋を出ると、廊下も見事な石造り……っぽい。
壁にかかったランタンの間隔が広過ぎて、暗くてよく見えない。

もう少しランタンが掛かっていてもいいのにと思ったけど……そうか。ランタンが足りないからだ……。

魔王城の涙ぐましい節約術を垣間見た気がする。

「ここは魔王城だぞ。立派なもんだろう?」

シグライズ様が振り向いた。

背後からの微かな光に照らされ、シルエットになるもじゃもじゃ頭とツノ。相当怖いんですけど……。

「ははははい……」

地下に住む夜行性のドワーフの目は、暗いところでもわりと見える。だけど、暗過ぎれば当然見えない。日の光に弱いってだけで、明かりは普通に欲しい。

きっと魔王城は立派だし、シグライズ様はそんなに怖くないはず。多分……。

「この城もドワーフたちが建城に携わったって聞いているぞ。物を作るのが上手(うま)い種族なんだなぁ」

「そうかも、しれないです」

「嬢ちゃんはあまり好きじゃないのか?」

「好き……です」

好きだけど、父ちゃんにしか褒められたことはなかった。

いつも仕事で作っていた細工品は、村では出来が悪いと言われていたし、改良した道具も馬鹿にされていた。

今思えば、そんなことなかったよ。出来だって悪くなかった。

「まぁ、好きならいいさ。そのうち技術も追いついてくる」

「……そういうものですか？」

「そういうもんだ。武器が好きで好きで振りまくってたら、魔王国軍四天王序列一位になってたワシが言うんだから間違いない！」

ワハハハハとシグライズ様は笑うけれども、それはなかなか特殊なのでは……。

でも、そんなわけないだろうと聞き流してしまうのも、もったいない言葉だった。好きで作って作って作りまくれば、もしかしたら何かが見えるのかもしれないし。

連れられてやってきたのは城内の食堂だった。

入り口近くの壁側には厨房に面したカウンターがあり、薄暗い食堂へ明かりを放っている。横長のテーブルがいくつも並ぶ広い空間は、奥の方がよく見えないほど明かりが少ない。

そんな中で座っている者がいるテーブルにだけ、ぽつりぽつりとランタンが灯り、魔人の姿を浮かび上がらせていた。仕事の後のどこかまったりとした雰囲気が流れている。

言われて椅子にかけて待っていると、シグライズ様が大きなトレイを手に席へ戻ってきた。

「ほら、好きなだけ食えよぅ」

どんとテーブルに置かれたトレイには、大皿の料理が二皿と金属製のゴブレットが二つに取り皿。

その中で圧倒的存在感を放っているのは、串（くし）に刺さったお肉が山と積んであるお皿だ。皮の感じが何かの鳥肉っぽい。わたしの口には余りそうな大き目の三切れが刺さって、照り照りとランタンの光を反射している。

そのとなりに並べられたのは、焼き目のついた野菜の串が彩りよく盛られたお皿。お行儀よく玉ねぎと小さいピーマンらしきものと推定ナスが順番に刺さっている。玉ねぎはドワーフ村でも食べていたけど、緑と紫の野菜なんて前世以来だ。他にきのこばっかり刺さった串もあった。

こっちのお皿はお肉ほど山盛りじゃなくて、思わず笑ってしまう。シグライズ様、見た目を裏切らないな。

赤茶色に輝く銅製ゴブレットに入った飲み物は透明で、底の方に黒っぽい実がころころと沈んでいるのが見えている。

ちゃんとした食事は数日ぶりだ。

タレが焦げた香ばしい匂いがお腹（なか）をくすぐって、たまらないです！

「あの、ありがとうございます……。いただきます」

遠慮しつつもお肉の串を手に取った。タレがとろりと垂れそうになるのを、横に構えてかぶりつく。ぷりぷりとした身から肉汁がじゅわっと口に広がった。このジューシーさは、きっと鳥のもも肉だな。

見た目を裏切らない照りは甘じょっぱくてテリヤキソースのよう。ちょっと焦げたところが香ばしく、これ、ほぼヤキトリだよ！

「シグライズ様、お肉美味しいです！」

「そうか、そりゃよかった。北山の里の鶏らしいぞ。いっぱい食えよう」

嚙みごたえもしっかりあるから、里で放し飼いされているのかも。

美味しい脂が残る口に、野菜も頬張る。タレはなくて素材そのままの味だけど、濃いタレの鶏肉と交互に食べるならちょうどいい。ほどよい柔らかさの玉ねぎはほんのり甘かった。

ひさしぶりの緑の野菜はやっぱりピーマンで、小さいのが丸のまま刺さっている。軽く加熱してあるだけでかなり生に近い。パリッとした食感とこの苦味がいいんだ。脂の多い肉と合う。

ドワーフの国では根菜しか食べなかったから、緑の野菜は久々でうれしい。

そして串の一番下のナスらしきもの。前世ではナスが好物だった。どきどきと期待しながら厚めの輪切りに歯を立てると、皮はぷちっと嚙み切れ黄色の実はとろっと。やっぱりナスだよ！　甘いよ！

この野菜たちはそれぞれの素材に合わせて加熱してから、串に刺してあるみたい。しゃりっとぱりっととろっと絶妙な食感。

口がさっぱりしたらまた鶏の串に手が伸びる。

こってりとしたお肉とタレを楽しんで今度はゴブレットに口を付けると、中身は山ぶどうの果実水だった。ぶどうの香りが鼻を抜ける。ほどよい甘みと酸味が爽やかで、お口さっぱり。

果実水は村でも飲んでいたけど、実を水に漬けておくだけの薄い香りと味のものだった。これは蜂蜜入りで山ぶどうの味も濃い。美味しくてごくごく飲んでしまう。

でも――お酒でもいいんですよ？　ドワーフの命の水ですよ？　ほら、あちらの魔人さんが傾けるビン、赤くて素敵なものが見えてるじゃないですか？

「なんだ？　向こうのテーブルばっか見て。――お、葡萄酒か。嬢ちゃんも酒飲みなのか？　じっちゃんも酒が好きだったなぁ。ってか嬢ちゃん、まだ子どもだろう？」

「成人してます！　お酒、飲めますから！　すごくいっぱいたくさん飲めます！」

「わかったわかった。今日は遅いから、また今度な」

その後もシグライズ様はなんやかんやと話しかけてくれた。父ちゃん、いや面倒見がいい親戚のおっちゃんみたいな感じ。

楽しく話しながら美味しいものを食べたので、席を立つころにはすっかり緊張がなくなっていたのだった。

◇◆◇

食事の後、案内されたのは城の二階だった。

「魔王城は二階が寮になってんだ。ワシは城下に住んでるんだが、地方出身の者らはここに住んでるぞ」

一階よりもさらに暗いので、さすがのシグライズ様も見えなくなったのだろう。腰に下げていたランタンを灯して手に持った。

あまりに暗く人影もなく、不安になる。

寮って言っていたけど、牢のまちがいでは……？　まさか、牢に閉じ込めて働かせるのでは……？

いやな疑惑とともに歩くことしばし。通路の最奥にあった扉に、シグライズ様は鍵を差し込んだ。

「ここが嬢ちゃんの部屋になるぞ」

扉が開き、掲げられたランタンの明かりに照らされたそこは――まぁ、なんということでしょう！

天井は低く、ならされた土壁がぐるりと囲んでいます。

ところどころに埋め込まれたいかめしい銅板レリーフには「千キロンの鍛金も、一打から」「納期と品質」「掘るか死か」と素晴らしい言葉が刻まれており、住む者の心を癒やしてくれることでしょう。

使いやすそうな小ぶりの炉や金床は、仕事の後のちょっとした息抜きの作業にぴったり。

ドワーフであれば誰もが喜ぶであろう家が、そこにはあったのです――。

「実家みたいです！」

とても魔王城の一室には思えない。どこからどう見ても地下にあるドワーフ村の家だ。

「ここはなぁ、じっちゃんが作った部屋なんだぞ。魔人の部屋は天井が高くて落ち着かんってよく言ってたっけなぁ。天井を下げて土で固めて、部屋が足りないって自分で壁をぶち抜いたって話だ。

いくら部屋が足りないからって自分で掘って繋(つな)げないよなぁ？」

前世を思い出した今、シグライズ様があきれる気持ちはよくわかる。

なのにすっかりドワーフ暮らしが染みついたわたしの心は、先代様ナイスと喝采(かっさい)するのだ。

「わたしも掘るの好きですよ」

「……ドワーフってのは変わった趣味してんだなぁ」

かわいそうな者たちみたいに言われたのはなぜなのか。いや、わかるけど！

シグライズ様は上体をかがめながら部屋へ入った。ドワーフのわたしとでは頭三つ分くらい違うから、この天井の高さでは窮屈だろう。

しばらく誰も住んでいなかったというわりに、部屋はとても綺麗(きれい)だった。

「……中も綺麗ですね」

「ミーディスが掃除係を定期的に入れていたみたいだぞ。いつか来る細工師のためにな」

「そうなんですか……」

すごく期待されているような気がする。

わたしで大丈夫なのかと思う気持ちもある。

でも、ランタンの使い捨てはランタンがかわいそうだ。

高いお金で買う魔人たちもかわいそうだし、何より作った細工師は悲しいと思う。

少なくともわたしは悲しい。一生懸命作ったランタンが、魔石が使い終わったら捨てられるなんて！　壊れにくく丈夫にと手をかけて作っているのに！

わたしはカバンからランタンを一つ取り出した。

〝光〟と書いてある方へスイッチを入れると、ほんのり薄黄色の明かりが灯る。

「嬢ちゃん、そのランタンは普通の物とは違うな？　光が目に優しいぞ」

「……暁石（あかつきいし）という石を使っているんです」

一般的なランタンは光魔石を使うが、わたしが作ったこれは暁石の持つ光の性質を利用したものになる。弱い明かりだけれども、遠くまで照らしてくれるのだ。

部屋の中央にある炉と金床の他に、作業によさそうな大きな机まで置いたままになっている。奥の壁には向こうへと続く入り口が開いていた。

道具だけが置いてあり、先代様が暮らしていた気配はもう残っていない。

でも不思議とさみしい雰囲気はなく。

ただ、とても懐かしい感じがした。


明けの刻の鐘が鳴った。

山に囲まれた魔王国では夜が明けるのはもう少し後だと、シグライズ様が教えてくれた。

「酒を飲まなかった朝なんていつぶりだろうなぁ。じゃぁな嬢ちゃん。夕刻にまた来るからなぁ」

シグライズ様はそう言って帰っていった。

わたしたちドワーフと同じで魔人も夜行性のようだ。明けの刻の鐘が鳴ると、みなそろそろ寝る支度をする。

寝られる部屋はあるかな。

奥の扉を開けると小さいダイニングキッチンがあった。水回りがあって、その先にもう一つ部屋があるらしい。

一つ一つ見て回る間に、わたしはすっかりここが気に入ってしまった。

初めての場所なのによく知っている場所のようだ。

一番奥の、小さな丸窓が一つ付いた部屋が寝室。日の光がほとんど入らなそうな作りにほっとする。

置かれていたちょうどいい大きさのベッドは、手入れをされていたみたいでとても綺麗だった。ありがたく先代様のものを使わせてもらうことにしよう。シーツと毛布をカバンから出してセットした。

それから水回りの浴室へ戻り、大きなかめのすぐ上にある蛇口をひねってみた。ちゃんとお湯が出る。お掃除の人が使っていたのかな。水と火の魔石が残っていたみたいだ。この世界は魔力のおかげでなかなか便利なのだ。

父ちゃんと暮らしていた家も、同じようにかめにお湯を溜めて入るお風呂だった。狭いけど落ち着くんだよね。

お湯を半分くらい溜めて、数日ぶりのお風呂に入った。

馬車に乗っている間もタオルを濡らして体をふいていたのだけど。やっぱりお風呂に入るのとは全然違う。

石鹸はドワーフ印のを持ってきている。

前世にはあったシャワーという便利なものはないから、せっけんで洗った頭は蛇口から出るお湯をかぶって流した。体も洗ったし、すっきりだ。

わたしは肩掛けカバンから、両手に少し余るくらいの四角い扇風機のような物を取り出した。

ダイニングのテーブルの上に置きスイッチをオンにすると、温かい風が流れる。

これは風動機というものをわたしが改造して作ったもので、温風乾燥機と名付けた。

地下の家では洗濯物がなかなか乾かないため、空気を循環させるために風動機をどの家でも使っていた。前世でいうところのサーキュレーターのようなものだな。

それに暖房の役割を持たせたのがこれになる。ようするにファンヒーターってことだ。

元の風動機より風力を落としてあるけど、これの前に髪を垂らしてタオルで拭きとればわりと早く乾くし、何より温かくて湯冷めしないのがいい。

家に来た村の者に、こんな風力でなんの役に立つんだって鼻で笑われたっけ。気温が低くて洗濯物が乾かない時も、ちょっと暖かいだけで乾きがよくなるのにね。思えば村のドワーフたちは新しい物や慣れない物には否定的だったなぁ。

髪が乾いたら歯磨き草をもぐもぐと噛んで数日ぶりのベッドへ。慣れない寝床もなんのそので、わたしはすぐに寝てしまった。

夕刻。

目を覚ますと、高い位置にある小さい丸窓から黄色い空が見えていた。

明るい空を見ても死にそうな感じはしない。つらくもない。

やっぱりハーフドワーフだから日の光にも強いのかも。

カバンに入れておいた服に着替え、顔を洗って待っていると、シグライズ様がやってきた。

「いい夕だな、嬢ちゃん」

「いい夕ですね。シグライズ様」

夕の挨拶（あいさつ）を交わし、並んで廊下を歩いた。明かり取り用の小さな天窓からは、日の名残も消えていく群青色が見えていた。

ハーフドワーフはたしかに光に弱くないかもしれないけど、でもやっぱり夜がしっくりくる。

ドワーフの時間が始まる。

「嬢ちゃん、よく眠れたか？　——そうだ、寝床とかは大丈夫だったか？　帰る前に気付けばよかったんだが、ワシ気が利かなくてなぁ」

「いえ！　ベッドがあったので大丈夫でした」

「そうか、それならよかった。必要な物があれば言うといいぞ」

シグライズ様はこんな得体の知れないハーフドワーフに、とても親切だ。

あ、もしかして魔王国の四天王って、親切四天王ってことでは？

その親切四天王様に連れられて食堂へと行き、またごちそうしてもらった。お金はドワーフの国と共通だったから自分で払えるって言ったのだけど、遠慮するなと押し切られたのだ。なんてありがたい。

今日は野菜と鶏肉が入ったお粥。麦っぽい穀物が入っていて、優しい味でほっこりする。寝起きの体に染みわたるというもの。

食後のお茶を飲んでいると、暮れの刻の鐘が鳴った。

さぁ仕事だとばかりに、周りで食べていた者たちのほとんどが立ち上がった。

シグライズ様もよっこいせと腰を上げたので、わたしも続く。

連れていかれたのは扉に執務室という札が掲げられた部屋で、昨日、目を覚ました場所だった。

「いい夕でございますな、魔王様、ミーディス。嬢ちゃん連れてまいりました」

「い、いい夕ですね、魔王様、ミーディス様……」

入り口の方を向くように置いてある重厚な机に向かうのは魔王様。

机にはうずたかく本や書類が積み上げられ、もう何日も帰らず仕事をしていますという雰囲気をかもしだしている。なんなら、書類仕事を具現化した呪いの魔物と言われても不思議に思わない。

「いい夕だな……」

薄暗い部屋の中、低い声が響く。

書類に埋もれるように挨拶する魔王様。怖い……。

そのとなりの机で平然と仕事をしているのはミーディス様。

手元の書類をさっと見ると、素早くチェックを入れて魔王様の机の山の一番上に載せた。

「魔王様、不備がございます。――二人ともいい夕ですね」

こんな状況で氷の微笑を浮かべるミーディス様が一番怖い……。

笑顔だけど、笑ってない。

美女の氷の微笑。こころなしか部屋の温度が下がっている気もする。寒い。怖い。凍えそう。

「さて、ノーミィ・ラスメード・ドヴェールグ。見てもらいたい場所があります」

「ははは、はいっ……」

「そいじゃ、嬢ちゃん。ワシも仕事してくるわ。また後でな」

あ、あ、親切四天王様っ……！　親戚（しんせき）のおっちゃん！　置いていかないでください！　怖いですっ……！

そんなわたしの緊張をまったく気にしないでシグライズ様は去り、部屋を出たミーディス様はどんどん廊下を先に進んでいった。

慌てて追いかけていくと、通路の先の奥まった場所にある扉の前で立ち止まった。

「ここが例の場所ですよ」

——例の場所？

真っ暗な空間に入ったミーディス様は壁のランタンを点けた。

照らされた部屋の中にあったのは、ずらりと並んだ棚。そこにみっちりと並べられたランタン、ランタン、ランタン、ランタン、ランタン——……。

「ここが、ランタンの墓場………」

「ノーミィ・ラスメード・ドヴェールグ。あなたは、ここをなんとかできますか？」

「わ、わかりません……。手に取って、見てみないと……」

「では、存分に見てください。私は執務室におります。何か用があれば声をかけてください」

ミーディス様はそれだけ言い残し、去っていった。

ふぅと息をついた。ああ、緊張した。

それにしてもすごい数のランタンだ。これ全部、魔石が切れて使えなくなったランタンなのか。

昨夜、ミーディス様は『——ランタンの下側は開かず、ガラスを割って魔石を取り出した物は新しい魔石を入れても点きませんでした』と言っていたっけ。

棚のランタンを一つ手に取り、眺めてみる。

ガラスは割れてない。

ひっくり返してみると、ランタンの下蓋には、ネジ穴が潰れた無残なネジが四つ留まっていた。

「……ええ……？」

ネジを外せなかっただけだとか——!?

はっと違う棚にあったランタンを手に取ると、ガラスが割れていて、魔石留めが壊れ、動力線が切れていた。

魔石を無理に外して、魔石留めと動力線を引きちぎったっぽい。

動力線が切れてたらそりゃぁ新しい魔石を入れても点かないよ！

……もしかして、魔人のみなさんって不器用さん……？

次々とランタンを見ていくと、何もされずに置いてあるものもあった。

ガラスの向こうに、欠けた光魔石と白い粒が散らばっているのが見える。けど、ネジ穴も無事でガラスも割れてない。

きっと、何かする前に諦めたんだな……。

わたしは床に座り込み、肩掛けカバンから大きな紙とネジ回しを取り出した。

紙を膝の上に広げて、四隅のネジを外して下蓋を開ける。パラパラと白く濁った結晶が落ちてくる。これが魔石クズ。

使って魔力がなくなった魔石は、脆くなって端から欠けてくることがあるのだ。

ガラスのついたフレームを、下蓋と基板から外した。

――これはずいぶん低品質なランタンだな……。お城で使うような質ではないよ……。ちゃんとしたものなら、下蓋、基板、その上に魔石に合わせて丸くくりぬかれた化粧板と、三枚重なっている。

このランタンには化粧板がなく、ガラスから覗けば基板が丸見えな作りだった。化粧板はただの見栄えだけじゃない。魔石クズの受け皿にもなっていて、魔石クズが基板に落ちて接触不良を起こすのを防ぐ役割もしている。

それがないということは、魔石クズで接触不良を起こす可能性が高いのだ。

実際にこのランタンに使われている光魔石は、欠けてはいるもののまだ白く光り、もう少し使えそうだった。

とりあえず一旦、魔石を魔石留めから外し、魔石クズは刷毛を使ってきれいに払った。ちょっと固まってる部分は硬めのブラシを使う。

このような普通のランタンは、魔石とスイッチが一直線で繋がっている。明かり自体も、灯す動力も光魔石を使うので動力線の回路はシンプルだ。あまり気を遣わずに掃除もできる。

留まっていた光魔石を磨き直す。魔力で固めながら磨くと、魔力が抜けた後も崩れにくい。魔力でコーティングするような感じ。

きれいになった基板に光魔石を戻し、線を繋げてみた。

うん、ちゃんと点くね。

フレームを元に戻してからスイッチでもう一度確認してもちゃんと点いている。

こういう掃除だけのものならすぐに直りそうだ。

一つの棚のランタンを下から四段目まで全部下ろした（それより上は手が届かなかった）。

ネジ穴がだめな物は一番下の段、ガラスが割れている物は下から二段目、どっちも大丈夫なものは下から三段目、直した物は下から四段目というふうに分けていく。

分けてみると、外側はどこも壊れていない物が時々見つかった。まずはそれらの整備からやってしまおう。

わたしはランタンを一つ手に取って、また床に座り込んだ。

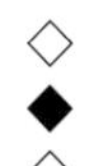

「♪魔石はねぇ〜ノーム様のぉ〜落とし物ぉ〜♪」
「――――小さき者よ」
「♪だ〜け〜ど〜ノーム様は〜……」
「小さき者！」

「ヒェッ！」

思わず持っていたブラシを落としそうになった。

作業していた手元から視線を上げると、魔王様が立っていた。

「ごごごごごめんなさい‼　気付きませんでした‼」

慌てて立ち上がった。

礼とか敬礼とかいるのだろうか……。魔人のマナーなんて知らないよ……。

「いや、構わぬ。なかなか戻ってこぬから様子を見に来たのだ。もう作業をしているのか」

「は、はい！　すぐに直りそうだったので……」

「そうか。やれるかどうか見てもらうだけだと聞いていたが……」

「あ、そうだったかも⁉　ごめんなさい‼」

「なぜ謝る」

「ごめんなさい……。勝手に触ってしまいました……」

魔王様はかがんで、視線を合わせた。

「まっとうに働いた者を怒りはせぬ」

「はい……」

「それに食事をとらねばな」

「あ、あの、まだ、仕事が」

「食わねば大きくなれぬぞ」

もうこれ以上大きくならないです！

心配してくれている魔王様に言おうとしたところで、ミーディス様も現れた。

「——魔王様、最高細工責任者殿の様子はどうですか？」

「もう作業を始めてくれていたようだな。今、夜食をとるように言っていたところだ」

「ノーミィ・ラスメード・ドヴェールグ。あなたはしっかり食べて大きくならないといけませんよ」

「も、もう、大きくなりません……」

ミーディス様まで子ども扱いする。

小さいのは元々で種族の特性で、これ以上食べても年をとっても大きくはならないのです！

わたしの抗議を聞いているのかいないのか、ミーディス様は作業していたあたりや棚を眺めてモノクルを押し上げた。

「作業を始めていたということですが、これはどういった状態ですか」

仕分けを説明すると、二人とも驚いた顔をした。

「では、直せるのですね⁉」

「は、はい。材料さえあれば、全部直せます」

「我が国に光が差し込みました！」

「なんと——我が国の最高細工責任者は天才なのではないか！」

前任の最高細工責任者でも直せたと思います……。

というか、いればこんな惨状にはなっていなかっただろう。

「ええ、ええ！　魔王様！　これでランタン代は浮きますすし、夜食にもう一品出せますでしょう！」

「ミーディス、ま、まさかデザートなどという暴挙は……」

「焼き菓子にしましょうか、それとも果物？」

それ聞き捨てなりません‼

「焼き菓子？　果物？　わたしがランタン直したら、夜食に付くんですか⁉」

今までになく話に食いついたわたしに、ミーディス様は優しげな笑顔を向けた。

「ええ。ノーミィ・ラスメード・ドヴェールグ。あなたの働きによってはさらにもう一品増やすこともできるでしょう。——例えば、葡萄酒を一杯付けることも」

「葡萄酒‼　えっ、仕事中に飲んじゃうんですか⁉」

「おや、ドワーフの国では飲まないのですか？」

「……飲みますね」

思い返せば村のおっちゃんたちは飲んでいた。働く時はきっちり働くけど、休憩時は一杯やってた。

いやいや、でもでも！

前世の常識がわたしの中で声を上げる。

仕事中に飲んではだめだろう、手元だって狂うだろうと。

「ノーミィ・ラスメード・ドヴェールグ、よく考えてごらんなさい。一杯なんて、飲んだうちに入りませんよ？」

「それもそうですね！」

前世の常識は死んだ。

酒はドワーフの命の水。ようするに水だ。酔うわけがない。

ということは、手元足元安心安全ということだ！

「わたし葡萄酒のためにがんばります‼」

「よく言いました！　――さあ、これを持ちなさい」

ミーディス様に持たされたのは、鍵束(かぎたば)だった。

「備品室1、備品室2、備品室3、資材室とここの向かいにある細工室の鍵です。どこも好きに使って構いませんからね？」

「はい！　ありがとうございます！　ミーディス様！」

「さあ、魔王様。ランタンの心配もなくなりましたし、仕事に戻りましょう」

「あ、ああ」

夜食を食べに行くようにと言い残し、笑顔のミーディス様と魔王様はランタンの墓場から出ていった。

魔王様はなんか言いたそうな微妙な顔をしていたけどなんだったのだろう。

夜食の後、没頭していたランタン掃除の途中にふと気付いた。

そういえば、資材室や細工室を好きに使っていいと言われた。

ということは、低品質のランタンは溶かして新しいのを作ってもいいのでは……⁉

ここは国で一番偉い方がおわす城、魔王城。

国で一番質のよいランタンが似合う場所。

思い立ったので、先ほどミーディス様から受け取った鍵で入れる部屋を全部見てくることにした。

今作業しているこの部屋は備品室3と扉のプレートに書かれていた。棚という棚全てがランタンに埋め尽くされた、ランタンの墓場。

そのとなりの部屋が備品室2だった。中はみっちりとランタンの墓場。

そのとなりが備品室1。半分がランタンの墓場で、残りは額縁とかドアノブとか細かいパーツなどだ。

危ない。わたしがいなかったら備品室4という名のランタンの墓場が増えるところだったってことだよ。

備品室1に脚立と台車が置いてあったので、借りていくことにする。

資材室へ行くと、木材、石材、鉄板などが大量に置いてあった。

あれ、ここに地金はないのか。

そして最後の細工室の鍵を開け、部屋のランタンを点けた。

「わぁ……！」

広い部屋には炉と金床が置いてあり、棚には細工の道具たちが。

入り口近くのライティングデスクの他に、奥に作業机がありバーナーが設置されている。

その一角に錠前がかけられた鉄格子の収納庫があり、地金が整理されて置いてあった。しかもかなりの量があるようだ。

ランタンは全て真鍮製。真鍮は扱いやすいから細工品によく使われる。

そのせいか真鍮のバーはやはり多く、その他に金、銀、銅、そして魔銀などがあった。もちろん魔銀製の基板も積まれていた。

これだけあれば、ランタン作り放題だ‼

執務室にすっとんでいき、扉を勢いよく開けた。

「魔王様！　ミーディス様！　地金使っていいですか⁉」

朝よりも書類の山が増えた机に埋もれる魔王様と、となりの机で部下らしき者に肩をマッサージさせながら優雅に書類を見ていたミーディス様がこちらを見た。

「――ええ。最高細工責任者が細工室の物を使っていけないことなどありませんよ。そうそう、収納庫の鍵も渡しておきましょう」

言質(げんち)とりました！　地金使い放題です！

そして収納庫の鍵を手渡されたけど、複雑な気持ちで受け取った。

「ミーディス様……あの収納庫は元々あったものですか？」

「いいえ？　前任のドマイス殿がいたころはそのへんに置かれていたようですね。あの部屋の管理はドマイス殿が一人でされていましたので。亡くなってから、掃除の者が入るにあたって妙な気を起こさないように、収納庫にしまいました」

「ああ、なるほど……。ええと、あの錠前はピンがあれば開いてしまうんです……。ピンがなくても部屋には鉄でも切れるのこぎりもありましたし……なんならバーナーで収納庫の格子も溶かせちゃうんです……」

ミーディス様は目を点にしたのち、眉間(みけん)を指で押さえた。

「……ラトゥ、今、何か聞こえましたか？」

「収納庫から盗める方法なんてなんにも聞こえてないっす!!」

あ。ここで言っちゃだめだったのかも。

「――魔王様、手が止まってます」

「す、すまぬ」

「――ノーミィ・ラスメード・ドヴェールグ、これからはあの部屋はあなたが管理するから大丈夫ですよね？」

「は、はい！　わたしがお掃除するので他の人は入らなくて大丈夫です！」

「よろしくお願いしますね。最高細工責任者殿」

かしこまりました！　と答えて、急いで備品室へ向かう。

新たに仕分けと次の作業の見直しが必要。

できるハーフドワーフは知っている。段取り八分、仕事二分。作業前の準備をしっかりしておくと仕事が終わるのは早いのだ。

途中、通路に出しておいた脚立を持って、わたしは備品室３へ戻った。

また新たに仕分けルールを決めることとする。

まずは、質の良いランタンと質の悪いランタンを分ける。

質の悪いランタンはばらして素材にするので、片っ端から台車に載せる。

載せきれなかった分は棚の一番下の段へ。

質の良いランタンは直して使うので、ネジ穴がだめなものと、ガラスが割れたものと、どちらでもないものとで分けて置いておく。

棚の上の方も脚立で上って下ろして仕分けて。

二つめの棚の仕分けの途中で、仕事終わりの鐘の音が響いた。

それからちょっと後に、シグライズ様が顔を出した。

「嬢ちゃん、そろそろ帰る時間だぞぅ。飯食いに行くぞぅ」

「はい。すぐに終わらせます」

キリのいいところで切り上げて、シグライズ様と食堂へ向かう。

こんなに早く帰れるなんて、前世やドワーフ村ではありえなかったよ。なんて健全でいい職場なんだろう。

「さて何食うか。嬢ちゃんは何食いたいんだ？」

「ツルツルっと――いえ……今朝は帰って家のことをしようかと思っています。まだ荷物を片付けていないので」

「そうかそうか。そうだよな、そういうこともしないとならんよなぁ。んじゃ、おっちゃんが帰って食えるものをなんか買ってやるからな」

親切四天王様！　このご恩はお給金が入ったら必ずや……！

廊下は相変わらず暗いけれども、仕事終わりの人たちが行きかい活気がある。食堂の中もにぎわっていた。

ドワーフ村には、こんな楽しそうな場所はなかった。気難しいドワーフたちは大酒飲みであるけれども、みんなで楽しく飲んだりはしないのだ。

魔人のみなさんは怖そうなのに本当は優しくて、それがこの楽しそうな場を作っているんだろうな。

わたしも並ぶ大皿料理にうきうきするし、楽しそうな雰囲気にうれしくなる。まだ少ししか住んでいないけど魔王国の方が好きだ。

たしかにそういう意味でも、わたしは正しくドワーフではなかったんだなと思った。

次の日もランタンの仕分け作業。

ひと棚ごとに、処分するランタンと不具合の種類で分けて置いていく。

途中で魔人のお兄さんが「セッビーですけど……」と遠慮がちに声をかけてきた。聞けばお城のランタン係だという。ランタン係のセッビーさんか。

そのセッビーさんは、使えるランタンがないか探しに来たらしい。城内のランタンが足りなくて、無駄と知りつつ壊れたランタンの群れの中に奇跡的に使えるものがないか探しているのだそうだ。

切ない話に泣きそう。

使えそうなものを急いで整備して渡すと、泣いて喜ばれた。

かなり切羽詰まっている模様なので、ひと棚整理を終わらせるごとに使えそうなランタンだけは整備しておこうと思う。

仕事に集中していて流していたけど、そういえば作業中に何かが近くを飛んでいた気がする。でも気付くといなかったので、気のせいかもしれない。


そして今日も何かが飛んで通り過ぎていった気がする。

使えるようになったランタンが並んだ棚に、セツビーさんが頬ずりしていた。

たくさんあるよ、やってもやってもあるよ。

その次の日もランタンの仕分け作業。


その次の日もランタンの仕分け作業。

棚の上の方の脚立を使ってする作業は、手にたくさん持てなくて時間がかかるのが難点だ。わたしだってもう少し身長があれば……くぅ！

ふと手を休めた時に、飛んでいく何かをちらっと眼の端でとらえた。黒い鳥のようだった。

カラスだったら怖いな……。森にいた冥界（めいかい）カラスは髪が少しでも見えていると狙って突っついてくるのだ。

その後はちょっとびくびくしながら仕事をした。

怯（おび）えながら仕事をしたからか、なんだか疲れて仕事後の朝食を持ち帰ることにした。

二階にある寮の一番奥の扉を開けると、どこもかしこも小さくまとまった土壁の部屋が出迎える。もうすっかりなじんだ空間。家に帰ってきたって感じだ。

ここに住んでからまだ一週間ほどだというのにね。

身支度もそこそこに食堂から買ってきたばかりの葡萄酒(ぶどうしゅ)の栓を開けた。それと、とっておきのナッツの蜂蜜(はちみつ)漬けを小皿に載せる。

葡萄酒を注ぐ銅のゴブレットは村でわたしが作ったものだ。食堂にあるものより二回りほど小さい。ドワーフたちが大好きな蜂蜜酒は甘みも酒精(アルコール)も強いので、ちょっとずつ飲むから入れ物が小さいのだ。

これからは葡萄酒を飲むことが増えそうだから、それ用のものを作ろうかな。鍛金で叩(たた)いて自分好みの薄さと大きさと形に仕上げるとか。

それとも思いっきり趣味に走るのもいいかもしれない。前世のジュエリー作りの技を生かし、鎖を下げたり希少な宝石を留めたりして、美術品のようなものを作るとか。

無意識に思い描いていたのは、前世の古い絵画に描かれた聖杯だった。その豪華なデザインは不思議と魔王城にぴったりな気がした。

——贅沢(ぜいたく)に紅玉をメインに使って、黒曜石を周りの模様にして……いや、メインに紫水晶もいいな。神秘的になるよね。星空のような天覧石もアリか。うん、いいかも！

気付くとメモ帳を取り出していて、湧き上がるイメージを次々と描き込んでいた。

楽しい。

溢れるイメージを絵に起こし、それをどう形にするか考えるのも、実際に作っていくのもやっぱり好きだ。

多分、わたしは前世でもっと作りたかったんだな。

転生していて最初は驚いたけれども、細工師であることはすんなりと馴染んだ。

またこの手はものを作り出すことができるんだ。

いろんな種族がいて、魔石や魔法がある不思議な世界。いろんなことができそうな気がする。まだ知らないこともいっぱいあるだろうし。

何せ、ものづくりに秀でたドワーフの血を引いている。今世では作りたい物を、作りたいように、作りたい放題作れちゃうってことだよ。

縁があってお世話になっているこの魔王城は大変ホワイトな職場で、過労死とは無縁だ。今度はのんびりと好きなものを作って暮らしたいものだよね。

でも、仕事はちゃんとやる。

勢いで勧誘されたようなものだけど、結果的に路頭に迷うところを拾ってもらったのだ。恩はきっちり返したい。

魔人のみなさんは不器用……じゃなくて、おおらか。なので、細工品に関してはわたしがしっかりしないとね。国庫の立て直しもお手伝いしたいところだよ。

新参者で頼りないけど、わたしなりにがんばりたいわけで。

よし。明日もしっかり仕事するぞ。

意気込みを新たに、ゴブレットを持ち上げた。

そして少しだけ残っていた葡萄酒を飲み干して、わたしはお風呂へと向かったのだった。


翌日はすっきりと目覚め、ランタンの仕分け作業に取りかかった。

この日、やっと備品室3のものが仕分け終わった。

すぐに使えそうなランタンは掃除をして魔石を入れ、整備済の棚に載せてある。ランタン係さんがすぐに持っていけるようにしてある。

高品質のネジ穴がつぶれているものなどは未修理の棚に載せてある。ネジさえ外して魔石を交換すればすぐに直ると思う。

ネジを外すのに時間がかかるから後回しにしてるんだけど。

そして処分する用のランタンがなかなか多くて溢れかえっているので一旦(いったん)溶かす作業を入れることにする。

仕分けばっかりでも飽きるんだよ……。

台車にランタンを載るだけ載せて細工室へ転がしていくと、黒い鳥が飛んできて台車にとまった。

「ヒェッ！」

『クワ？』

カラス!!　やっぱりカラスだった!!

お城の中だからって油断しちゃだめだった！　髪の毛を帽子に入れておくんだった!!

わたしは髪と頭を押さえてしゃがみ込んだ――けど、一向に突っつかれない。

『クワックワ』

顔を上げるとカラスは台車の上でとんとんと飛び跳ねていた。早く進めなさいよとでもいう風に。

気分を損ねて攻撃されてもいやなので、おそるおそる台車を進めた。

細工室に入り部屋のランタンの明かりを点けると、カラスはバサッと飛び立ちコートハンガーのようなスタンドにとまった。

ああ、あれはとまり木だったんだ。

前任のドマイス様のペットかな。――いや、亡くなられたのはもう何年も前のことみたいだし、そんなわけないか。

おとなしくそこにとまっていてくれるなら、なんでもいいや。

カバンから出した薄い魔鹿革のグローブをきゅっとはめて、まずは解体。

割れていないガラスはまた使えるから外してトレイにとっておいて、基板と動力線は魔銀なので外して別のトレイへ。

真鍮のフレームはそのままだとかさばるから適当に金切りばさみで細かくして坩堝に突っ込む。

庭に面しているらしい窓を開けると、涼しい夜風が優しく入ってくる。これからちょっと暑い作業になるから、ちょうどいいな。

大きい炊飯器みたいな魔石炉に動力となる魔石と火魔石を入れてから、坩堝（るつぼ）を入れた。

ランタンだったものがでろりと溶けていく。そして坩堝（るつぼ）の中ではオレンジ色のマグマのようなものがグラグラとしている。プチ灼熱（しゃくねつ）地獄。

「やっぱり、暑いなぁ」

『クワァー』

カラスも暑いのか。

ガスを抜くのにぐるぐるとかき混ぜて、ホウ砂も投入。

溶けたら大きい坩堝（るつぼ）挟みでつかんで、ぐつぐつしている液をインゴット型へ流し込んだ。

固まったら逆さにして魔石冷却槽にドボン。ジュワーとすごい水蒸気があがる。熱くて暑い。

冷えて固まれば真鍮のバーのできあがり。

溶かしている間も解体して次々と溶かし固めてしているうちに、お城の時計がコーンコーンと鳴った。

片付けをしている間にカラスはどこかへ行ったみたいだった。

細工室をあとにして食堂へ向かっていると、シグライズ様に会った。

道を覚えてからは一人で行き来しているんだけど、仕事の後はだいたいシグライズ様に出会う。

わたしもシグライズ様も時計の鐘が鳴ったら終わりにしているから、そりゃあ高確率で会う。

ミーディス様と魔王様には会わない。

まだ仕事してるんだろうなと思うんだけど、何刻まで働いているのか怖いから聞かないでおくんだ……。っていうか、食事に行くところを見たことないんだけど、どうなってるんだろう。

「嬢ちゃん、何食べるよ？」

歩きながらシグライズ様が聞いてくる。

「悩ましいところです……。肉もいいいし、焼きチーズも捨てがたい……」

「どっちも葡萄酒のアテだな？」

そう！　葡萄酒！　魅惑の赤き命の水よ！

村では蜂蜜酒ばかりだったので、転生してから魔王国で初めて出会った。

もちろん前世では飲んだことがあって、うっすら残る記憶ではあまり好きではなかった。辛いし。

というか、成人して間もなく死んだみたいで、お酒の記憶自体があまりないんだけど。

それなのにドワーフの血とは恐ろしい。お酒を見つける能力も、お酒への執着もすごかった。食堂で初めてボトルを満たす赤色を見た時から美味しそうだと思ったのだ。

実際に飲んでみたら本当に美味しい！

蜂蜜酒よりも飲みやすいし、料理を選ばない。それどころか相性のいい料理だとお酒も料理も美味しくなるのだ。

食堂内でもシグライズ様はよく声をかけられる。さすが四天王。さすがみんなの親戚のおっちゃん。

軽い挨拶はしょっちゅうで、食べて美味しかった本日のおすすめを教えてもらったり、おすそわけをいただいたり。

人気者には美味しいものも寄ってくるんだね。

「――おう、シグライズのだんな！　いい肉入ってるよ！　ノコ山の黒魔牛のローストどうだい？」

今日も厨房から素晴らしいお言葉が聞こえます！　ギュンとすごい吸引力でわたしとシグライズ様の心をわしづかみです！

「嬢ちゃん、おごっちゃる。ノコ山の黒魔牛、ウマいぞー」

「え、でも、いつもごちそうになっていて申し訳ないんですけど……」

「気にすることないぞ。ここだけの話、おっちゃんは四天王手当があるから金持ちでな」

四天王手当。それはなんとも高給取りの匂いがしますよ。

結局、お肉も葡萄酒もおごっていただいた。

つやつやとしたピンク色のローストビーフが、お皿の上に五枚も輝いている。一枚一枚が大きいしローストビーフにしては厚切りだけど、見るからに柔らかそう。

全面にかけられたソースは濃い茶色でグレービーソースを思い出させる。といっても、前世でもそんなに食べた記憶はないんだけど。そしてこんな大きくて厚切りで柔らかそうなのは初めて。

フォークで押さえてナイフを入れると、手応えもなく切り分けられる。

大きめに切った一切れを軽くたたんでフォークに刺せば、ふるりとしたお肉からソースが滴った。

ぱくりと口に入れると、とろける～！

嚙めば肉質を感じられるけど、まぁ柔らかい。ちょっと嚙んだらなくなってしまうなんて！

「シグライズ様！　美味しいです！」

「そうかそうか。しっかり食えよぅ」

シグライズ様はナイフも使わずフォークで刺してかぶりついていた。こんなに柔らかければそれもいいかもしれない。

口の中に残るのは甘い牛の味とソースの奥深い味わいで、ほんのりとした酸味と葡萄酒の香りがする。それに醬油っぽい感じもある。和風グレービーソースといった感じだ。バリッバリのバゲットに挟んでも負けないだろうな。ローストビーフサンド贅沢美味しそう！

その美味しいソースを付け合わせのマッシュポテトに絡めて食べると、これもまた合う。クリーミィなジャガイモはふわりといい香りがするし、ローストビーフの香ばしい味もするのだ。しかもお肉に載せて食べると優しい味わいに味変する。しかもボリューム感も出る、第二のソースだよ！

こんなにお肉をたくさん食べきれるかなとか思ってたけど、いけちゃう。ついついまたフォークを持つ手が伸びてしまう。

魅惑のお肉を食べてからゴブレットの葡萄酒(ぶどうしゅ)を飲むと、これがまた甘いんですけど！　重めだけど果実の香りと味わいがしっかりとある葡萄酒は、お肉の脂を溶かして混ざってまろやかに。さらに美味しく。第三のソースになっちゃってますよ！

そしてその後に食べるローストビーフがさらに甘くなってない!?

お肉をかじっては飲みかじっては飲み、最高です！　牛肉と葡萄酒の永久機関がここにはある!!

四天王手当バンザイ!!

「――そういえば、四天王のみなさんはどういったお仕事をしているんですか？」

ありがたい気持ちでそうたずねると、シグライズ様はゴブレットをぐっとあおってから考えるような顔をした。

「ワシらの仕事か？　普段は訓練と見回りだなぁ。遠征で国の端っこの方に行くこともあるぞ」

「国の端っこ！　うわぁ、大変そうですね。お疲れさまです。歩いて行くんですか？　それとも何かに乗って？」

「さすがに遠くに行く時はスレイプニル（八本脚軍馬）に乗って行くがな。まぁ、偵察なんかは翼の民が受け持っているから、ワシらはそのまとめ役みたいなもんよ」

「あっ、もしかしてわたしを見つけてくれた時も、見回り中だったんですか？」

「あー……いや、あん時は飲みに行くとこだった」

シグライズ様、なんで目をそらすのだろう。

わたし、できるハーフドワーフなので、根掘り葉掘り聞いたりしませんが。

まぁちょっとニヤニヤしちゃうかもしれないけど。

眉（まゆ）を下げるシグライズ様がもう一杯葡萄酒をおごってくれたので、すぐにニヤニヤはニコニコに変わるのだった。

◇◆◇

本日、鷲（ワシ）の日。お給金日！

シグライズ様には仕事中に受け取りに行くように言われている。仕事終わりの鐘が鳴った後は金庫室が閉まってしまうんだそうだ。

金貨二枚、うれしいな〜。帰りに何食べようかな〜。

執務室と扉で繋(つな)がったとなりの部屋が金庫室だった。

わたしは仕事開始早々に行き、並んでいた魔人さんたちのうしろについた。

手渡し窓が開いたガラスの向こうは、忙しそうな魔人さんたちと、腕組み姿で監督しているミーディス様が見えている。

魔人のみなさんに交ざって待っていると、そのうち順番がまわってきた。

「ノーミィ・ラスメード・ドヴェールグです……」

いつの間にか覚えてしまっていた名前を口にすると、革袋が渡された。

「最高細工責任者ノーミィ・ラスメード・ドヴェールグ殿ですね。——こちらになります」

革袋はしっかりとした質量で手に載った。

え、これ金貨二枚の重みじゃない。もしかして銀貨交ざってる?

こそっと袋を開けると、まばゆい金色と銀色と銅色が。

え、なんでこんなに⁉

肩掛けカバンに入れると部屋を出て、となりの執務室に飛び込んだ。

「魔王様!　お給金がなんか多いんですけど!」

相変わらず書類の山に埋もれている魔王様が、顔を上げた。

「……少ないではなく、多いという文句は初めてだぞ」

「小さい生き物はおもしろいっすね!」

魔王様のうしろには、先日ミーディス様の肩を揉んでいた魔人さんがいた。本日は魔王様の補佐——いや監視っぽい。やっぱりミーディス様の部下なのか。

「ラトゥ、ミーディスに聞いてやってくれぬか」

「はいっす！」

魔人さんはとなりの部屋に繋がる扉から出ていき、入れ替わりでミーディス様が入ってきた。

「ノーミィ、どうしましたか」

「あ、フルネームじゃなくなってます？　もしかして仲良くなったからでしょうか？」

「あれはあなたが自分の名前を覚えるまでの措置ですよ」

……覚えられるかなと思ってたのバレてたんですね……。

「ミーディス、小さき者が給金の額が間違っているのではないかと言いに来たのだ」

「ま、魔王様！　間違っていると言っているわけじゃなくてですね、あってるのかな～？　と思って確認というか……」

大変人聞きが悪い。

そんな会計の者の仕事を疑うようなこと言ってないですよ？

「そうですか」

ミーディス様は冷静にうなずくと、モノクルを指で押し上げ天井の方を見た。

「一階北西担当、ここに」

『クワァー』

あ‼　カラス‼

バサッとどこかから現れたカラスが、ミーディス様が持ち上げている腕にとまった。

「ノーミィ・ラスメード・ドヴェールグの成果について吐きなさい」

『グワァァァ～』

潰(つぶ)されたカエルみたいな声を出して、カラスはくちばしから黒いモヤをもやもやと吐き出した。

ミーディス様はそれを空いている方の手でつまむと握り潰した。

「――ふむ、棚の整理が一部屋分。ランタンの整備一個につき一銀貨、これが十八で一金八銀貨。不良ランタンの解体作業一個につき八銅貨、これが八十七で六金九銀六銅貨。最高細工責任者手当で二金貨。合計十金七銀六銅貨となっていますよ」

なんと！

金貨二枚というのは役職手当だった！

それプラス作業代をいただけるみたい。大金！　わたしも高給取りになってしまった！

っていうかカラスすごい。ちゃんと作業の内容わかってる。すごい賢いよ。

「――ふむ。棚の整理の分が金額に乗せられていないようですね」

「いえいえいえいえ‼　ちちちちち違います！　あってます！　金額あってました！　――お忙しいところお邪魔しました‼」

わたしは慌てて執務室を出た。

多いって言っているのに、さらに増えるところだった！

金庫を火車猫にかじられてるのに、こんなにお給金出して大丈夫なのかな。魔王城、ホワイト過ぎませんか。

でも、しっかりと評価してもらったのでやる気は出た。ちゃんと報告してくれたカラスに感謝だ。


その後は解体作業をしまくって、溶かしまくった。

備品室3の質の低いランタンを全部解体したし、使えそうな分の整備も終わっている。次は修理だな。

後回しにしてきたネジ穴が潰れてだめになっているランタンをやってしまおう。ガラスが割れているものよりは早く直せるし。

十字の溝がドライバーで削られて、穴になってしまっている。でも、そんなに深くは削れていないから外せそうだ。

潰れているところに、いつもより硬いドライバーを入れ、溝を深くするように奥へ押し込んだ。さらに魔力で固定して、押し込むようにしながらドライバーを回すと、ネジが回った。

よかった。溝がつるつるになっていると、この方法で外せない時もあるから。父ちゃんに習った最初のころに、わたしがやらかしたんだけどね。

ネジを外して下蓋を開け、魔石を外し、化粧板と基板の魔石クズの掃除をした。魔力がなくなった光魔石を使用済み魔石入れへ入れようとして、ふと思った。

「――わたしが作ったものなら、もっと安く使えるよね……」

ランタン、もしかして修理じゃなく新しく作り直してもいいんじゃない――？

ドワーフの村ではわたしの作るものは馬鹿にされていたし、普通のランタンしか買い取ってもらえなかったから外に出したことはなかった。

でも節約が必要な魔王城では役に立つんじゃないかな。

作業中に基板を魔術基板に取り換えると効率がよさそうなので、後で魔王様とミーディス様に確認を取っておこう。

好きにしていいとは言われてるけど、ホウレンソウ挨拶確認は大事だもんね。

夜食の後、執務室に向かうとシグライズ様とラトゥさんも同じ方へ歩いていた。
「おりょ、小さい生き物も執務室に行くっすか？」
「小さい生き物じゃなくて、ノーミィです。ランタンのことで確認したいことがあるんですよ」
「おう、そうか。ワシたちも来月の遠征の打ち合わせに行くとこだった。いっしょに行くか」

「はい！　そういえば、魔王様とミーディス様を食堂で見かけたことがないんですけど、食堂に来ないんですか？」

「そういえば、最近は来ないなぁ」

「来ないっすね。忙しいって、誘っても断られるっす」

食堂に来られないくらい忙しいのか。魔王城はホワイトな職場っぽいのに、魔王国トップはなかなかブラックな感じで働いているようだ。

三人で執務室を訪ねると、案の定二人とも執務机の前にいた。

書類の山の向こうで顔を上げた魔王様は何か口にくわえている。あれは多分、干し肉だ。葡萄酒のつまみにいただいたことがある、美味しいやつ。え、あれが夜食？

「……あの、魔王様、それ夜食ですか……？」

「ああ、そうだが」

「それだけで、足ります……？」

「仕事をしながら食べることもできるし、美味い。噛んでいると段々満足してくるのだぞ」

なんだか得意気に言われたけど、それ満腹中枢が刺激されているだけだと思うんです。多分、栄養は足りてないですよ……。

その横を見れば、ミーディス様が飲み物をあおっていた。透明のビンから見える液体はアヤシイ光を放つ緑色。日本にあったエナジードリンクに似ているけど、まさか。

「ミーディス様、その飲み物は……」

「ドワーフの国にはありませんでしたか。これは元気薬という魔法の薬ですよ。私のものは雷草の根を一般の元気薬よりも五倍多く入れた特製品です。飲めばいくらでも働けるのですよ」

危ない飲み物にしか聞こえません！

ちゃんと休まずにごまかしながら働いていると、ある日突然倒れる。ひどい時は取り返しがつかないことになるのに。前世の職場でもそういう人がいた。

はっきりと覚えてはいないけど、わたしもだいぶ眠気覚まし的なものに頼っていた気がする。そして最後は倒れてしまった。

「……ちゃんと食べて休憩した方がいいと思います……」

二人の机の上で書類は山になっているし、そう言われてしまうと前世の社畜は何も返せない。

「まだ仕事が残っているのでな」

「それじゃ、せめてきちんと寝てくださいね。睡眠不足だと、書類を読んでも頭に入らなくなったり間違いも増えますし。お肌も荒れちゃうんですよね。頭の働きにもお肌にも、十分な睡眠が大事だと思うんです」

「――頭の働き」

「――お肌」

魔王様とミーディス様は、一瞬、書類を持つ手を止めた。

そして、わたしたちの方に向いた。

「——心に留めておきましょう。それで、ノーミィ。何か用がありましたか？」

「ランタンのことなんですけど、新しいものにしてもいいですか？」

「新しいランタン、ですか」

「外側は元々あったランタンを整備して使うんですけど、中の基板を魔術基板に換えたらどうかと思いまして」

「魔術基板……。聞いたことがありませんが、それにすると何がどう変わるのですか？」

「えーと……使う魔石が、光魔石から無属性魔石に変わります」

耳にしたみんなが息をのんだのがわかった。

中でもミーディス様は目をギラリとさせた。

「——光魔石は一個で一銀八銅貨、普通の魔石は五銅貨。かかる金額は大幅に下がりますね。さぁ、詳しく述べていただきましょうか」

きっと現物を見た方が早い。

わたしは肩掛けカバンからランタンを一つ取り出した。

「これが魔術基板を使った魔導細工——昼夜ランタンになります」

「魔導細工……」

「昼夜ランタンとな……」

となりに立っていたラトゥさんが手に取って眺めた。

「普通のランタンに見えるっす。あ、でもスイッチに光と闇って書いてあるっすね」

ピンのようなスイッチを左右に倒してオンオフするトグルスイッチ。普通のランタンにはオンとオフしかないけれども、これは中央にオフがあり、左右それぞれにオンがある。

「これは〝光〟と〝闇〟が使えるものになります。城内では光の方だけでいいと思うんですけど」

「闇ってなんすか？」

ラトゥさんが闇のスイッチを入れたらしく、あたりは漆黒に包まれた。

「わぁぁあ！　暗くなったっす！　ど、どうしたら……」

「なんということでしょう！」

「これは本当に闇ではないか！」

「ラトゥさん、スイッチを逆側に倒せば戻りますので」

パチリという音とともに執務室に明かりが戻った。

闇スイッチ側の素材に使っている闇岩石は、光を飲み込む性質がある真っ黒な石だ。魔力を帯びていないので魔石ではなく、この世界の分類上、貴石などの宝石と同じ扱いになる。

窓がある部屋とか明るい場所で寝る時に便利だと思うんだよね。間違えて使うと周りに混乱を引き起こすけど。

「いやぁ、嬢ちゃん！　この闇のスイッチはいいな！　遠征に持っていきたいぞ」

そういえばシグライズ様は来月遠征があるって言っていた。日中の野宿があるなら闇スイッチは役に立つと思うの。

「闇は落ち着く……。我にも一つ作ってもらえぬか。言い値で買おう」

ええ⁉　言い値って、そんな高価なものではないですよ？　でも、魔王様がこのランタンでゆっくり休めるというのなら早めに作ろう。

「それでノーミィ、このランタンは無属性魔石で点いているというのですか？」

「そうなんです。普通のランタンは、光魔石の光の性質と魔石に含まれる魔力を使って明るくなります。それに対してこの昼夜ランタンは、光の性質を取り込むのに、［模写］の魔術紋というものを使っているんです。これに光の性質を持つ素材を載せて光を作ります。その光を放出するためだけに魔力を使うので、無属性魔石でいいんです。素材は模写されるだけなのでずっと使えますし、性質に魔力を分けなくていい分、魔石の持ちは光魔石よりいいんです。先ほどの闇も、魔力で闇の性質を放出しています」

「光魔石の持つ光と魔力の役割を分け、それぞれさらに利点のある素材で対応させたということですね。なんということでしょう……光魔石から無属性魔石に変わる上に、しかも持ちが良いなど……。我が魔王国は恐ろしい才能を、最深の昏き闇神から与えられたようですね……」

「我が国の最高細工責任者は天才か……。小さく可愛くさらに天才であるなど、魔王国の宝……宝箱にしまっておいた方がいいのではないか」

「ドワーフのミミックっすか。役立ちそうっす」

「どういうことなのかワシには全然わからんが、嬢ちゃんはすごいな！」

不穏な言葉が聞こえたような気がするけど、なんだかすごく褒められて恥ずかしい……。

あまり褒められたことがないから、どんな顔をすればいいのかわからない。

ごまかすように横を向くと、応接セットが目に入った。わたしが魔王城で目覚めた時に、寝かされていたソファだ。

テーブルを使う許可をもらって、新品の基板をカバンから取り出した。魔術紋を刻むだけであれば大きな道具もいらないから、ここでも大丈夫。

先の尖(とが)ったチスタガネと、魔術紋帳も取り出した。

「この魔銀(ミスリル)の板に、魔術紋を刻んでいくんです」

「魔術紋……」

部屋にいるみんなの視線が、わたしの手元に注がれているのがわかる。

わたしは魔力を込めながら、愛用のチスタガネをあてた。

母ちゃんからわたしに受け継がれたのは、使い込まれた一見何の変哲もないキャンバス生地のカ

バンと、その中に入っていた表紙に魔術紋帳と書かれた本だった。

そのカバンは物が異常に入った。そして、どれだけ入れてもふくらまない。不思議なカバン。

ある時、やっぱり不思議だと思いながら見ていたカバンの口付近に、刺繍が入った布と何かの鳥の羽根が縫い付けられているのに気が付いた。

その刺繍の模様は、魔術紋帳に同じものがあった。［模写］と書かれており、使用例に〝本を作る〟とあった。

本を模写して新たにもう一冊作る魔術ということなのだろう。

だがその魔術紋は布に刺繍されて、カバンに縫い付けられている。何かが模写されて増えているということはなかった。

このカバンの変わっているところは、このおかしいくらい容量があるところ。

ということは、そのおかしい特性がなぜかこの羽根にあり、それを模写してこのカバンにその性能を持たせているのではないだろうか——と思い至ったわけだ。広くする、場所を増やすなどという特性のある鳥なんて全然わからないけれども。

基板に魔術紋を刻むことを思いついたのはすぐだった。

だって細工品に特性を持たせたら、絶対に面白い物ができるもんね。

普通に刻んだだけではだめで、魔力を込めながら正確に刻む必要があった。魔石を磨く時に魔力を込めるので、その作業はすぐに慣れた。

いつもちゃんと磨いていてよかったよ。芸は身を助く。

村の他の者たちはあんまりちゃんとやっている風じゃなかったな。磨いているところを見たことあるけど、さっとなでて終わりだった。地味な作業だけれど、やらないと魔石が消耗してきた時に崩れてきちゃうのに。

今までやってきたことの積み重ねがあり〝魔術基板〟ができあがった。

自分や父ちゃんが採掘したものから素材を調達し、試作品のランタンを作り上げるのにそう時間はかからなかった。

そして母ちゃんの魔術紋帳に走り書きされていた〝魔導刺繍〟という言葉から、魔術基板を使う細工を〝魔導細工〟と呼ぶことにしたのだった。

魔術紋帳の［模写］のページを見ながら、チスタガネで紋を刻み込んでいく。
ハンマーは使わず、魔力を込めてペンやリューターのように持ち、魔力を込めて描く。慎重に、でも一定の速度で。
最後に円を閉じると、描きあがった紋が一瞬キラリと輝いた。
「光が……」

「……これは……！」

「魔術紋を刻んだこれを魔術基板と呼んでます。あとは素材を載せれば、明かりが点きます。こちらが素材になる暁石（あかつきいし）です」

肩掛けカバンから暁石を取り出した。

明かりが見えるように机の上のランタンを消すと、薄暗い部屋でも微かに薄黄色の光を放っている。

暁石は半透明で優しい色合いの石だ。魔力を持たないために宝石に分類されるけど、貴石や半貴石のような価値はない。ちょっとだけ光る石といった代物なので一部の石愛好家しか見向きもせず、流通量が少なかった。ドワーフの国では町の宝石店の片隅に安く売られていたっけ。掘れば採れることも多いから、埋蔵量は少なくないと思うんだよね。

革手袋を外した手で暁石を魔術基板に載せた。

すると、その周りだけがほんのり明るくなった。

「普通の魔石すらいらぬのか……？」

「いえ、これはわたしの魔力に反応しているだけです」

魔術紋が動作するには魔力がいる。魔石の魔力でも生き物が持つ魔力でもいい。

わたしの肩掛けカバンも持つ者の魔力を使うようで、特に魔石を必要としないのだ。

カバンを持たない時もあるけど、中身がなくなったり出てきちゃったりはしないから、出し入れする時のみ魔力が必要なんだろうなと思っているんだけど。

「今は明かりの範囲が基板の周りだけですけど、魔石を動力にすれば効果を広く放ちます。必要なものが魔力だけなので無属性魔石で十分なんですよね」

「なるほど……。素晴らしいですね」

暗い城内で使うランタンは〝光〟の効果だけでいいので、暁石を［模写］して、魔石で放出させればいい。

やっとこで魔石留めを少し大きくして、暁石と魔石を重ねて付ける。

動力線で繋いで試しに指で押さえると、周りに柔らかい明かりが広がった。

「光自体を放っているわけじゃなく、模写した効果を辺りに放っているので、ランタンの真下の影もできないんですよ」

「なんていろんな意味で死角のない代物なのでしょう！　初期の費用は多少かかりますが、のちのちにかかる費用のことを思えば安いものです。魔王様、これは国宝に指定しましょう」

「宝箱にしまって厳重に保管せねばならぬな」

「いえ、道具なので使ってください……」

修理したランタンに暁石とこの魔術基板を入れるだけで、暁石ランタンに変わる。

元のランタンはほぼそのまま使えて、手間もかからず経済的。

あとはざくざく魔術基板を作って、ランタンを修理して基板を差し替えるだけ。

これで魔王国のランタン難は解決です！

これから城内の明かりを新しい暁石ランタンに換えていく。

——ということにしたものの、わたしの持っている暁石の在庫が少なく、全部放出してしまってもまだ全然足りなかった。

昼夜ランタンの話が出てすぐに、ミーディス様が取引部という国内外の取引に携わっている部署に暁石と闇岩石の手配をしてくれていたのだ。けど、手配がつかず、今はそこの魔石責任者が探しに行ってくれているのだそうだ。

そんなわけで当面は、普通の光魔石を使ったランタンの修理も続く。

ちなみに欲しそうにしていた幹部のみなさまには、お試しというテストモニターの名目で昼夜ランタンを献上させていただいた。いつもお仕事大変そうだし、このくらいのいいことはあってもいいと思うの。

仕事を終えて食堂に向かうと廊下はすっかり明るいし、見通せないほど暗かった食堂も今は明るく楽しげな雰囲気で満たされている。

まだ場所によっては暗いところも残っているんだけど、順調に明かりは増えていた。

「おう、嬢ちゃん！　この間のランタンすごくいいぞ！　ありがとな！」

大声で手を振るシグライズ様もよく見えた。

「シグライズ様、お疲れさまです」

「嬢ちゃんもお疲れだったな。とりあえず、一杯飲め」

「ありがとうございます！」

なぜか用意されていたゴブレットを受け取り、あおる。

くぅ～！　仕事あとの葡萄酒が沁みる～！

ゴブレットに続いて差し出された小鉢には、スライスしたチーズと何かの肉の燻製が入っていた。

手に取って見ているとシグライズ様が「鹿肉だぞ」と教えてくれた。

鹿！　山の恵みですね！

噛むとクセがあるような気はするんだけど、香辛料と合わさってそれもいい味になっている。

おつまみのお手本のようなお味です！

「鹿肉美味しいです！　お酒進んじゃいますね」

「そうかそうか。いっぱい飲めよぅ――ランタンの作り替えは進んでるか？」

「それが、ランタンの明かりに使う暁石の在庫があんまりなくてですね。ひとまずある分だけ作って、あとは手に入り次第ということになりました」

「ほうほう、ワシは細工とか全然わからんのだけど、代わりに光魔石というわけにはいかんのだな？」

「そうなんです、いかんのですよー。わたしもいけるんじゃないかと試したことがあるんですけど、一瞬すごく光って魔石の魔力がなくなっちゃったんです」

光の特性といっしょに魔力も［模写］するらしく、動力過多で光をあっという間に消費してしまうようなのだ。だから属性付きの魔石は［模写］の魔術紋には使わないことにしている。

次に何を食べようかと厨房前のカウンターの方を向くと、見知った顔が近づいてくるのが見えた。

「――ノーミィ、お疲れさまでしたね」

「ミーディス様！」

麗しの宰相様が微笑を見せている。

あれから食堂で見かけるようになり、時々ごいっしょさせてもらっていた。

「ああ？　ミーディス、なんか顔色がいいな」

「ランタンの心配がなくなったことが大きいようですね。それと、最高細工責任者殿に言われて早めに寝て食事も摂るようにしたところ、大層体の調子がよくなったのですよ。シグライズが気付くほど違うとは、今までの生活を反省しなければなりません」

微妙にシグライズ様に失礼な感じだけど、二人とも笑っているからいいのかな。

忙しいと食事の時間とか睡眠とか、大事なところを削ってどうにかしようと思っちゃうんだよ。それは実体験ですごくわかる。でも、それじゃ本当の解決はしないんだよね。

「食事の質も大事なんですよね？　ノーミィ」

「はい！　タンパク質――っと、お肉や卵と野菜をバランスよく摂ると、頭にも体にもお肌にもいいと思います」

「やはり肌にも……。ええ、それはぜひ実践しなくてはいけませんね」

「揚げ物よりは蒸した物などが体にいいんです。今朝のメニューの中なら野菜で包んで焼いた焼豚か、黒魔牛の赤身肉ステーキ、彩りサラダなどがおすすめです」

ミーディス様はさっそく近くに控えていた料理長に注文した。ミーディス様が来るといつも料理長が注文を取りに来るんだよね。他の者はカウンターで注文するのに。しかも、ミーディス様のゴブレットだけ素敵なガラス製なの！　わたしたちのは銅製なのに！　カトラリーも、あれ、銀製じゃない？　ミーディス様だけ毒に配慮されてるってこと？　シグライズ様にも配慮してあげて！

新たに並べられた料理も勧められたので、ありがたくも複雑な気持ちでいただいた。

こちらの宰相閣下と四天王の一角様、仲がいいなと思っていたら同期なのだそうだ。ミーディス様はすごく若く見えるのに、シグライズ様と同期ってどういう仕組みなのかな。手品かな。

魔王様はしゃべり方が年寄りくさいし、顔が前髪で半分隠れているので年齢不詳。でも二人より少し若そう。ミーディス様の扱い方からなんとなくそんな気がする。敬われている風でいて、上手(うま)く使われているというか。いや、でももしかしたらもっと年上なのかもしれない。やっぱり全然わからない。

料理は美味しいし、おしゃべりも楽しいけど――やっぱり、気になる。楽しいから余計に。

「――そろそろ失礼します。シグライズ様、ミーディス様、ごちそうさまでした」

昔話で盛り上がる二人に挨拶(あいさつ)をして、食堂を後にした。


そろそろ明るくなるころだろうか。

もうすっかり帰る人がはけて、昼に働く人もまだ来ない魔王城。食堂からの楽し気な声だけが遠く聞こえている。

小さくノックをして、執務室の扉を開けた。

「魔王様、まだお仕事ですか。少し休みませんか」

「休憩か。いや――我はこういった仕事が苦手でな。進めておかねばみなに迷惑をかけてしまうのだ」

相変わらずの書類の山の向こうに、魔王様がいらっしゃる。

仕事の様子を見るかぎり、ミーディス様の方が書類仕事は得意なんだと思う。でも、仕事って監督や二重チェックが必要なことも多い。ミーディス様が通常業務をしたら最終チェックする人がいなくなってしまうってことだよね。

「何かわたしがお手伝いできることってありますか?」

「気持ちだけでうれしいが――ああ、これを見てくれぬか」

魔王様は黒の上着の胸元から布製の何かを取り出した。

前世で見たサシェに似ている。ポプリが入ったミニクッションみたいなやつ。

ずいぶんと使い込まれてぼろっとしている。

それにうっすら禍々しい気を感じるような……？　まさか呪いのクッション？　なんだか触りたくない気持ちでいっぱい。

魔王様の大きな手のひらに載せられた物を眺めた。

「これ、なんですか――あっ！」

思わず声が出た。

片面に縫い付けられた布の刺繍は、魔術紋のようだった。

けれども刺繍はすり切れてほつれ、布も取れかけ本体との間から黒い毛が覗いている。

「この模様が、ノーミィの描いた魔術紋とやらに似ている気がしたのだ」

「多分、魔術紋だと思うんですけど……。本の中で見たことがあるような気がします」

わたしはカバンから魔術紋帳を取り出して、ページをめくっていく。

一部綻びていたけれども模様はちゃんとわかったので、探すのは難しくはなかった。

「――あった。これですね」

「ほう――たしかに同じ模様だな」

そこには［幻視］使用例〝間接攻撃〟とあった。

「……これは、どこで手に入れたんですか？」

「城の宝物庫に眠っていた物なのだ。夢見まくらという物らしくてな、枕に載せて眠るといい夢が見られるのだ。だが壊れたらしく作用しなくなってしまった。執務の合間に少しだけこれで休むのが癒やしだったのだが……」

そう言って、魔王様はしょんぼりとした。

ええ……？　使用例が間接攻撃で、こんなにイヤな気配をまき散らしているのに、いい夢……？

「ちなみにどんな感じのいい夢なんですか……？」

信じられなくて思わず聞くと、魔王様はうれしそうに口角を上げた。

「ナイトメア（悪夢の黒馬）にたかられ押しつぶされる夢だ」

魔人のみなさんとは一生わかりあえないかもしれないと思った瞬間だった。

部屋に戻り魔術紋帳を眺めながら、魔王様の夢見まくらのことを考えていた。研究するのに持っていっていいと言われたけれども、ご遠慮させていただいた。部屋に持ち込むのも触るのも怖いし！

あの［幻視］の魔術紋は本来であれば、精神ダメージをくらうであろう幻を見せて敵を弱らせるものなのだろう。

本来というか、普通の人間から見たら十分に呪いのアイテムだよ。ナイトメアを見るなんて怖くて嫌だもの。

あの黒い毛がナイトメアの毛で、［幻視］によってその姿を見ることができるってことだよね。

枕に載せるのであれば近くに使用者の魔力があるだろうから動かすのに困らないだろうし、なかなかよくできた道具だよ。

魔術紋帳には［幻影］というのもあった。

［幻視］と同じようなものなのに何が違うんだろう。使用例〝足止め〟ってことは、複数に効くってことだろうか。それとも実際に見えるか見えないか？

大変気になるところだけど、とりあえずは魔王様の方からだ。

なんとか直せないだろうかと魔王様が悲しげに言うし、お願いされなくとも大変お世話になっていることだし、忙しい魔王様の唯一の癒やしみたいだし、どうにかしてなんとかしたい。

ただ刺繍は正直自信がないな……。仕組みはわかるけど、やったことがない。あれを直すのは無理だな。そういう令嬢力高めなスキルはない。だってハーフドワーフだし。ドワーフ力しかないよ。

というわけで、いい夢が見られればいいというのなら、細工品でもいいんじゃないかと結論を出した。

魔力は魔石を使ってもいいしね。スイッチを付ければいいだけだし。

なんの細工品にしようかな。

なんならランタンでも問題ないんだけど――。

あの暁石ランタンも、ランタンである必要は全然ない。効果を模写して放出すれば明かりになるわけだから、どんぶりに入ってたって明かりが出せる。

ただ、見た目というのは大事だ。

ランタンの形をしていれば、ああこれは明かりが点く道具なのだなとすぐわかるわけで。

夢を見る道具、か……。

そういえば、前世の日本では安眠グッズがたくさんあった。

わたしも目を温めるマスクは愛用していたし、寝る前にリラックス効果のあるアロマやお香を焚いていたっけ。

それなら香炉なんてどうだろう。

なぜか真っ先に思い浮かんだのが、お寺にあるでっかい香炉。なんでだ。煙を手ですくって自分にかけるやつ。あれ、大きいよねぇ。鋳造かな。いや、そんなに数出なくて型作れないだろうから鍛造か。大きいから叩いて作るのは大変そう。

あと蚊取り線香を入れる香炉もあったな。香炉って歴史は古い。源氏物語にも書かれていた。

もしかしたらこの世界でも、人間の国とかにはあるんじゃないかという気がする。

蚊遣り豚を魔王様の枕元に置くわけにいかないので、シンプルな形の香炉……。いや、夢を見る炉で〝夢炉〟だな。魔王様の居室に合う夢炉を作ろう。

ランタンなどに使っている魔銀(ミスリル)製の基板がすっぽり入る形にすれば、在庫のものを使えて楽だ。

まずは［幻視］の魔術紋を基板に刻んでいく。

初めての魔術紋なので紙に羽根ペンで練習してからだ。五回描いたところで手がなめらかに動くようになった。

チスタガネに持ち替え基板に向かう。

魔術紋帳の見本を見ながら慎重に。でも止まらないように。引っかからないように。魔力を込めながら最後に円を閉じると、描き上がった魔術紋は一瞬キラリと光を帯びた。

「よし、描けた！」

この［幻視］の魔術紋にナイトメアの毛を載せれば、魔王様が持っていた夢見まくらと同じ条件になるはず。

わたしはまじまじと［幻視］が刻まれた魔術基板を眺めた。

これで悪夢が見られるのか。魔術紋ってすごいなぁ。前世で存在していたものに似た物がいろいろ作れそうな気がする。

例えば［蒸気］っていう魔術紋。使用例に〝罠(わな)〟ってあったけど、加減すればスチーマー作れないかな。肉まん食べたい。あ、美顔器にも使えそう！

それに［冷場］とかいうのでクーラーとか？　使用例が〝告別の間〟って書いてあるのが気になるけど……。

［温場］でホットカーペットとか床暖もいいなぁ。魔王国、山の上の方だからちょっとひんやりする時があるし。

あれこれと想像がふくらんでうきうきしながら、真鍮板を取り出した。

魔王様の夢炉に取りかかろう。

この板は切ってランタンのフレームに使っているものになる。型を使ってわたしの顔くらいの丸い印を付け、金鋏で切り出した。

バーナーで全面をなましたら、水にどぶんと漬ける。すると柔らかくなっていた丸い板がちょっと反った。

ドワーフの村の家から持ってきた丸太の木台をカバンから出して設置して、その上で切り抜いた真鍮板を槌でコンコンと叩き形を作る。平らだった板が、少しずつ少しずつ丸みを帯びていく。

硬くなってきたら火魔石を使ったバーナーでなまして、また叩いてを数時間繰り返す。

鍛金はやっぱり時間がかかるな。パーツを切ってはんだで付けていくランタンとは大違いだ。

作業に没頭してしばし、槌目がいい感じの入れ物ができた。蓋の方には糸のこを入れて透かしのアラベスク模様を施した。より香炉っぽいし、高級感が出ているような気がする。

両手のひらに載るほどの大きさなので、中に好きなように配置できるスペースはない。

まずは魔術基板を下に留める。その上に配置する魔銀の化粧板には片側半分に魔石留めとスイッチを置き、もう片側はナイトメアの毛を置けるように開けておいた。魔術紋の及ぶ範囲は最小になるように動力線を調節して、上下の二枚を繋げばできあがり。

「よし！　魔王様に献上するにふさわしい品！」

真鍮の華やかな金色が、なんの継ぎ目もないふっくらとしたフォルムで輝いている。これが使っていくうちにアンティークな感じに落ち着いた色に育っていくわけだ。槌目も味があるってもんだよ。

いろんな角度から眺めて、確認しつつ自画自賛しておく。

この中に毛が入れば、魔王様が愛してやまないナイトメアの夢を見ることができるでしょう……。

毛を載せるのはセルフでやってもらおう。わたしは断固触りたくない！

とりあえず代わりの素材としてハーブティー用のカモミールの花を載せてみる。リラックス効果もあるし、［幻視］で見えるものが花やリラックスするものなら悪くないよね。

魔石をセットしてからスイッチを入れてみると、じわじわとカモミールの花の映像が目の前に広がった。

目の前に見えている部屋と幻の映像が重なるのは、なかなか気持ちが悪い。

部屋と重なった大きなカモミールの花が揺れる。わずかに残像を残しながら右に左に……。それはぐるぐると回りだしいくつもの花に分かれた。背景の爽やかな緑色の葉は草原のようでリラックス感を出している気もするけれど――怖い。すごく怖い！　なんだろう、ピエロ的な怖さがあるよ！

これまでまったく眠くならないということは、ナイトメアの毛に入眠の効果か何かがあるのだろう。

　ということはタイマー式のスイッチを使った方がよさそう。魔石留めの台を魔力で回るようにして、一部に魔力を通さない真鍮を使って任意の時間で魔力供給が止まるようにしよう。

　多分、夢は覚めるから夢であって、ある程度眠ったら目が覚めるとは思うのよ。でもスイッチを入れたら最後、魔石の魔力が切れるまで魔王様がずーっと眠ったままだったら困るからね。

　そのうち映像は種の姿を見せた。葉を伸ばし、大きくなったところでプチリと摘み取られた。そして仲間たちといっしょにカサカサになるまで天日に干されるカモミールの一生とでもいうような映像を淡々と見せられ——。

　泣きながらスイッチを切った。

　恐ろしいほどの効果だった。これであれば魔王様にもご納得いただけるかもしれない。

　……って、魔王様、本当にこれでいいんですか⁉　すごい怖いんですけど⁉

　わたしはしばらくの間カモミールティーは飲めないな………。

◇◆◇

　翌日。

　今やランタンが不足なく等間隔に並んでいる廊下を、いそいそと歩いていた。

暁石を写した柔らかい黄色が、時々揺らぎながら重厚な石張りの壁や床を明るく照らしている。

この執務室前の中央通路は魔王城の中心ということもあり、真っ先に暁石ランタンへと変えられたのだ。

外観も鳳凰(ほうおう)をイメージした飾りを傘にも台座にも新たに付けた。豪華さが加わり、魔王城の質実剛健な雰囲気を荘厳なものへと変えている。

魔王様のおわす城に合うランタンを！　と少々力が入り過ぎてしまったかと思ったけど、天井の高い長い廊下にあればちょうどいいくらいだった。

最初に通った時と、同じ場所とは思えない変わりようだよ。

立派なお城の廊下はこうでないとね。

遠くまで続く美しい様子に満足して、わたしは執務室へと向かった。

「いい夕ですね。魔王様、ミーディス様」

部屋の中には前よりもゆったりした雰囲気が流れていて、二人からも笑顔を向けられた。

「魔王様からご相談があったあれなんですけど、刺繍(ししゅう)は無理なのでこれを作ってみました」

金色の夢炉を取り出すと、二人の視線が手元に刺さる。

「これは魔導細工の夢炉といいます。この中にナイトメアの毛を入れて枕元に置いて寝てみてください。多分、ナイトメアの夢が見られるんじゃないかなと思うんですけど……」

「もしや、冥界の番犬(ガルム)の毛を入れれば、ガルムの夢も見られると!?」

ガルム⁉

なんで魔王様はそんな怖い生き物の夢を見たいんですか⁉

「えっと、ナイトメアには夢の特性があるので夢が見られるとは思うんですけど、他の生き物に関しては試してみないとわからないです」

あの感じでいけば、ガルムの姿は見られるだろうけど、夢の中に現れるかはわからない。

「そうか、それでは試してくる。ガルムの毛もたくさんあるのだ。ノーミィ、良きものを作ってくれて感謝する」

ガルムの毛もたくさんあるって、ナイトメアの毛もガルムの毛もってことだよね……。むしったのか……。怖い生き物たちの毛を、魔王様はぶちぶちとむしり取ったのか……。いろんな意味で怖い。

威厳ありげに魔王様は立ち上がり、夢炉を手に取ろうとした時、ミーディス様がにっこりと人差し指を振った。

「魔王様？　今は仕事の時間ですよ？」

ピシャッ！

細い稲妻が魔王様に刺さった！　雷撃⁉

怖っ！　ミーディス様怖っ‼

魔王様は軽く黒い煙をまとってプスプスしている。立ち上がった笑顔のまま、また椅子に座った。

すぐに使いたいほどうれしかったんですよね⁉　喜んでもらえてうれしいですけど、執務の時間に休もうとするのは危険です！

ミーディス様には絶対に逆らわないようにしようとわたしは心に決めた。

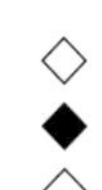

翌日。

細工室でランタンを組み立てていると、自然と鼻歌がでていた。

昨日献上した夢炉の外側は、自分で言うのもなんだけどなかなかいい出来だった。

魔王様、昨日はちゃんと眠っていい夢（魔王様比）見られたかな。

あとで使い心地を聞きに行こうと思っていると、入り口の扉が開いた。

振り向けば、絶望という文字を張り付けた黒い小山が――いや、魔王様が立っていた。

「魔王様！　どうしたんですか？　もしかして、悪い夢を見ましたか？」

魔王様は後ろ手にしていた手を、そろりと差し出した。

「あっ！」

献上した夢炉がへこんでる！

慌てて魔王様の手から受け取ると、中の基板が山型に折れ曲がっていた。これは直らないやつ……。

「……落としちゃいました……？」

「すまぬ……。この夢炉を執務の合間に使ってみたところ、久しぶりにナイトメアにもみくちゃにされたのだ。少しの間だったが、それはもう素晴らしい夢であった……」

思い出したのかうっとりとする魔王様に、胸をなでおろす。ちゃんと作動したみたいで、よかった。

「あまりにうれしく、執務室に来たミーディスとシグライズに夢炉を見せようとして……手を滑らせた」

「自慢しようとして、手を滑らせたと」

「……そして、踏まれた……」

「ふまれた」

「シグライズに……」

「え、シグライズ様の足は大丈夫だったんですか？」

「……ミーディスが診たから大丈夫だ……」

それならよかった。

うちの夢炉が四天王の一角にケガをさせたなんてことになったら、どう責任取ればいいかわからないよ。

「わかりました。大丈夫ですよ、魔王様。ちゃんと直りますから。少しお待たせしてしまうかもしれないですけど」

机の上に載せられた炉が無残な姿をさらしている。時間をかけて作った鍛金の炉が。

でも、自慢しようとするくらい喜んでくれて、こんなにショックを受けていたら怒れないよね……。

「構わぬ……我が悪いのだ……。いつまでも待つぞ…………」

そんな未来永劫(みらいえいごう)待つみたいに言わなくても、近々お持ちします！

「けれども、魔王様。こういう事故が起こりますから、寝室の枕元で使うといいですよ。ついでにちゃんと寝たらいいと思います」

「わかった……」

しょんぼりして丸くなった背中が部屋から出ていって、わたしは耐えていた手をがっくりと机についた。

幕間　暗闇に向かうドワーフの村

――壊れた夢炉を前にノーミィがナッツのやけ食いをしていたころ。

ドワーフ国ダサダサ村では、怒鳴り声が響いていた。


「入り口がまだ見つからないだか！」

「オイラたちの住む家はまだだか⁉」

村長とその息子ドワーフが足をだんだんと踏み鳴らした。

「んなこと言っても村長、見つからんものは見つからんだよ」

「そうだそうだ」

「あとは自分たちで探せばいいだ。わしらだって仕事があるだからな」

暇を見つけては探してくれていた村の者たちも、とうとう呆れて帰っていってしまった。

ノーミィの父の一族が代々住んでいた家は入り口が見つからず、土の壁があるのみ。今やどこに家があったのかもわからない状況だった。

最後の住民だったノーミィの姿もない。

追い出すと聞いて、家に立てこもっているのだろうと村長は思っていた。

入り口の場所をわからなくするなど、どういうことか。

あのドワーフではないおかしな生き物が、ただただ腹立たしい。

あれの母親もおかしい生き物だった。

大きさはドワーフとそう変わらなかったが、ひょろひょろとして色が違った。薄気味の悪い色をしていた。魔術師だとか魔法使いだとか噂されていたが、なんとも得体の知れない者よ。いなくなってよかった。

他の村にはドワーフではない者も住んでいるが、この村は由緒正しきドワーフだけが住む村であるべきなのだ。

「――見つからんものはしょうがないだ。諦めるだよ」

「くれるって言っただださ！」

「あとはおまえが自分で探すだな！」

息子にそう言い捨て、その場を後にした。

家に戻ると魔石運びの仕事の者が待っていた。

魔石は掘って磨いた物を自分が買い取って、まとめて外の国に売っているのだ。

二束三文で買い取りそこそこの値で売っていたので、何もしなくても儲けが出るいい商売だった。

「なんだ？　何かあっただか？」

「それが、魔石の買い取り値が下げられただよ」

「な……！　どういうことだか⁉」

「知らん。状態が悪いからこれまでの値じゃ買えないと言われただ。掘って磨いていたやつらが手を抜いているってことだか？」

「くそ………！」

村の者たちを家探しにこき使ったからだろうか。

そういえば、あの薄気味悪い娘も魔石は納めていた。しかも量は多かった。だがそんな値を下げるほどの影響はないだろう。

しばらくは輸出する魔石の状態に目を光らせる必要がある。

悪い状態の物は持ってきた者に文句を言ってやり直させないとならない。

余計な仕事が増え、村長はイライラと貧乏ゆすりをした。

そこへ、今度は細工品運びの仕事の者が焦った様子でやってきた。

細工品も自分が買い取り、まとめて外の国に売っていた。

特にランタンを重点的に輸出している。どんなに作りが悪くても、魔王国なら高値で買ってくれるからだ。

「村長！　魔王国のやつらが、うちの村のランタンはもう買わないと言っているだよ！」

「なんだと――――⁉」

魔石に続き細工品の輸出にまで問題が起こった。

魔石よりも単価が高い分、金額も大きい。これが輸出できないとなると大変なことになる。

「品質の低い物を高値で売るような村とは、取り引きしないとよ！　他の細工品も買わんって言ってるだ！　どうするだよ⁉」

どうせ同じ金額で売れるなら、質がどうであれ量産するのが得に決まっている。

そう思っていたのに、まさかのしっぺ返しだった。

一体、何が起きているというのか。

そこにどこからか話を聞きつけたらしい村人たちが詰めかけてきた。

「どういうことださ、村長！」

「金が入ってこないってことだか⁉」

「だからちゃんと作らなだめだって言っただださ！」

「おめーに言われて作った分は、払ってもらわな困るだぞ！」

「そうだそうだ‼」

こっちが外の世界に売ってやってるから金になってるというのに！　恩知らずどもが！

村長は心の中で毒づいた。

なんでこう上手くいかないことが重なるのか。

せっかくなんの種族かわからない厄介者がいなくなって、これからよくなるはずだと思っていた矢先に――――。

村長も村の者たちもわかっていなかった。
一度なくした信用は、すぐには取り戻せないということを。
終わりの始まりは、たった一人を失ったことだったことも。
ドワーフ国ダサダサ村は、廃村への一途をたどり始めた。

幕間　明るさを取り戻した魔王城

本職によってしっかりと磨かれたランタンは、ガラスに曇りもなく経年変化によって鈍い金色となったフレームも落ち着いた輝きを放っている。

スイッチを入れると、ランタンから一瞬だけ円形の模様が浮かび上がり、ガラスから暖かい色がこぼれた。

時折、風もないのに揺らめく明かりが不思議な模様を見せる。文字のような記号のようなそれは、うっすらと螺旋(らせん)に浮かび上がって魔王城の高い天井へと消えた。

脚立の上に腰をかけていた設備部の青年は、手の上で繰り広げられる幻想的な様子をしばらく眺めていたが、慎重に壁の金具へとランタンを掛けた。

石造りの壁にぱっと花が咲くようだ。

外側は元々あったランタンを使っているらしいが、まるで違うものに見える。

新たに傘や台座へ取り付けられたワイヤーの装飾は、飾り気のなかった魔王城の廊下に華やぎを加えた。

長い通路の壁に規則的に並ぶランタン。それは奥までずっと続き、遠く先を歩く者まで見えた。

「設備さん、廊下明るくなったわね！　助かるわ」

通りかかった文官女性からにこにこと笑顔を向けられて、青年も笑みを浮かべた。

魔人に夜行性の者が多いとはいえ、暗闇で目が見えるわけではない。夜の時間に活動するのが得意なだけで、明るさはそれなりに欲しいのである。

「もう光キノコの粉に怯（おび）える生活には戻れないのよ。こんなに贅沢（ぜいたく）にランタンの明かりが使えるなんて、さすが城よねぇ。城勤めしていて本当によかったわ」

「そうですよね、あれは本当につらいです」

魔王国の一般家庭では普通に使われている光キノコ。

雑貨屋に行けば売られているし、山に採りに行けばタダである。採ってきたばかりのものなら二〜三週間は持つ。

ただ、明かりとしては弱く、しかもその傘が発する粉はくしゃみ、鼻水などを起こす光キノコ病を招いた。

そんなものよりはランタンの方が断然いいが、お高くて庶民にはなかなか手の届くものではない。

だが魔王城では全部の場所で、そのランタンを使っている。

その昔、暗いと効率が下がると宰相のミーディスが敢行したのだという。そして細工師が亡くなり、どんなにランタン代がかさもうとも、光キノコには戻さなかった。

多分、ミーディスも光キノコ病の同志なのだろうと、設備部の青年は勝手に思っている。あれは本当に本当につらいものなのだ。

現在、間引いて少なくしていたランタンを、壁に戻す作業をしていた。

徐々に明かりを取り戻す城内で、話しかけてくる者たちの顔は明るい。

つい最近まで、城内が暗いのは設備部の怠慢だと言われることもあった。少し考えればそんなわけないのはわかるのに、苛立（いらだ）っている者が多かったのだ。明かりというのは案外、心に作用するのである。

台車に載せていたランタンがなくなったので備品室まで取りに戻ると、最近突如として現れた魔王城の救世主、小さい最高細工責任者がちょこちょこと棚の前で作業をしていた。

「あ、セツビーさん。お疲れさまです！」

発音がちょっと独特なのは彼女がドワーフのせいだろうか。なんとなく微笑（ほほえ）ましくて、青年はこっそり笑った。

「お疲れさまです、最高細工責任者殿。こちらの棚のランタンを持っていきますよ」

「はい、そこのは全部大丈夫です。また整備したのを補充しておきますね」

整備が終わったものは「済」と書かれた棚にきちんと置かれており、そこから順に持っていけばいいだけ。点（つ）かなくなったものは「未」の棚に載せておけば整備して使えるようにしてもらえるのだ。

もしかしたら点くランタンもあるのではないかと探す手間も、点くランタンが全然ないから財政係に買ってくれと頼みに行く必要もない。

しかもこれまではがたつきのあるものも多かったが、現在取り換え作業しているランタンたちは部品がきっちりと収まりコトリともしないのだ。

青年は前の最高細工責任者がいたころのことを知らないので、細工師がいるとこんなにも違うものなのかと感動するばかりだ。

離れたところから聞こえる謎の歌を聞きながら、ランタンを台車に載せていく。そこにカラスが現れ、文書を手元に落とした。

裏を見ると財政部のサイン。

青年は眉間にしわを寄せた。


「――設備部です。依頼のあったランタンを持ってきました」

財政部は設備係の青年にはあまりいい記憶がない部屋だ。ランタンを買ってくれ、いや買えないとやりあうことしかなかった場所。

それが今日は安堵と喜びの声で迎えられた。寄ってくる者たちにランタンを渡していく。

「設備さん、壁にかけるのも頼んでもいいですか?」

「構いませんよ」

各部の部屋は大事な備品や重要文書などもあるため、よっぽどのことがない限り自分たちの手で整えることになっている。だが、頼まれれば壁にかける仕事は引き受けていた。

ランタンを壁に戻しながら、ずいぶんと数を減らしていたことを知る。財政部など、細かい書類も見るだろうに。

全ての明かりが灯されると、これまでとは違う部屋のようだった。

絶対にランタンを買ってくれなかった鉄壁の金庫番と言われている財政部長の顔も、アンデッドではなく普通の魔人の顔に見える。

部長は頬を少し緩ませながら、青年に声をかけた。

「――やっと明かりが戻ってきたな。手間をかけた」

「いえ、仕事ですから」

「使えるランタンは順調に増えているようだな」

「最高細工責任者殿ががんばってくれていますから」

「そうだな。あんな小さい体でよく働いてくれている。――ああ、そうだ。予算再編成についての臨時会議で、城内全部のランタン正常化が決まったぞ。一階だけではなく二階の寮部分へのランタンも戻していいことになった。ランタンの数を見ながら少しずつそちらにも割いてやってくれ」

なんと、もっと後になるだろうと思われていた寮の廊下が戻せるとは！

もう手探りで鍵穴（かぎあな）を探さなくていいのか！

思わず青年の口元が緩んだ。

「――そうですか。みな喜ぶと思います」

「ああ、私もうれしい」

男の鼻の上で、ランタンに照らされた眼鏡が小さく光った。

そうだ。そういえばこの男も寮住まいだった。

いつだったかあの暗い廊下でぶつかり、はずみで男が落とした眼鏡を探したことがあった。なかなか見つからずに二人でしばらく床を這(は)いつくばり、あげく男は自分の足で眼鏡を踏んだ。

あんなに切ないため息を聞いたのは、生まれて初めてのことだった。

思い出した事実に、青年は愕然(がくぜん)とした。

この男も恨みがあってランタンを買ってくれなかったわけではないのだ。ただ国にお金がなかったのだ。

理性では知っていたはずなのに、青年はそのことをやっと本当に理解した。

誰だってもちろん、暗くて足元もおぼつかないような場所より、明るくストレスのない場所の方がいいに決まっている。

部屋にいた者たち皆が笑顔になった。

魔王城は取り戻した明かり以上に明るくなった。

それはたった一人の小さな細工師が、ほんのひと月の間に成したことだった。

第二章　魔王城に美味(おい)しいを広めます！

細工室でランタンの整備をしていると、控えめなノックの音に顔を覗(のぞ)かせたのはランタン係のセツビーさんだった。

「失礼します。整備が終わったランタンがありましたら、いただいていきたいんですけど……」

「あっ、はい！　ちょっとだけできてます。すみません、キリのいいところまでやって備品室に置きに行こうと思ってたんです！」

わたしが慌てると、セツビーさんも慌てた。

「いえいえ！　これから寮の方にもランタンを灯(とも)しに行くところだったので、ついでにできている分をもらっていこうかと思っただけです。もうほとんど戻せているので、急がなくても大丈夫ですよ！」

聞けば、寮の廊下にも明かりを増やせるようになったのだとか。

急ぎで必要になったというわけではないらしい。

「ノーミィさんがランタンを使えるようにしてくれたおかげでずいぶん明かりが戻ってきました」

「城内が明るくなってよかったです。でも、ただ掃除しただけなんですよ」

「僕たちは掃除をすることも知りませんでした。それどころか開けることもできなかったですし。あ、中央通路の飾りのついたランタンも不思議で美しいって好評ですよ」

メインの通路であるあそこには、他の場所に先駆けて暁石ランタンが使われている。光魔石を使った普通のランタンとは違い薄黄色の明かりに魔術紋が揺らいで見えるのだ。

変な光だって言われてないみたいでよかった。

「みなさん明かりが戻って本当に喜んでるんです。ランタンをかけている僕ばかりがお礼を言われているので、僕からまとめてノーミィさんにお礼を言わせてもらいますね」

セッビーさんはありがとうございますとお辞儀をして、整備の終わっていた分を全部台車に載せた。

わたしは綺麗になったランタンたちを、いってらっしゃいと見送った。

やれることを当たり前にやっているだけなのに、魔王国に来てからはとても感謝される。まだ慣れなくて、ちょっと恥ずかしい……。

昼夜ランタンもずいぶん感謝された。特にシグライズ様が喜んでくれた。

少しだけ持っていた闇岩石をあるだけ全部使って、周囲を暗くするランタンを軍の遠征用に作った。野営がちょっとでも快適になるといいな。昼夜ランタンにできればよかったんだけど、暁石は全部使っちゃったんだよね。

ランタンはもうそんなに急ぎでやらなくてもいいとのことで、他にも手が必要なところの備品を作ったりしている。予備の鍵とか。折っちゃって予備を使っていて、それを折ったらもう開閉できない扉があるとか。

それはもっと早く言ってほしかった。慌てて作ったし、全部の予備の予備をもう一本ずつ作ったよ。

魔人のみなさんはなかなかのんき——おおらかでいらっしゃるから、お城の細工のものに関しては積極的に把握していきたいところ。

さて、今日の仕事は終わった。

わたしは不幸な事故によってへこみを付けた夢炉を手に載せて蓋をとった。

そういえば中にナイトメアの毛の姿はなかったなぁ。魔王様から受け取った時にすでにイヤな気配がなかったから、シグライズ様に踏まれた騒ぎでどこかに落ちたのかもしれない。

ナイトメアの夢を見られたみたいだから、［幻視］の魔術紋にナイトメアの毛で問題ないようだ。

そのまま元のように直すのは簡単だけど——それでいいのかと職人の血が騒ぐ。

綺麗に直す細工師は、普通に腕のいい細工師。綺麗に直した上で問題を解決してこそ、一流の細工師への一歩ってものだよ！

よし！　と気合いを入れてドライバーを握った。

中の基板はひしゃげてしまっているので、新しいのに換えるために外す。

炉のへこんだところをバーナーで熱して柔らかくなまして、木型の上で叩いていく。また最初から鍛金で作るとなると時間がかかるから、直ってくれるといいんだけど。

内側から叩いているうちに、へこみはなくなった。

――そうだ。魔術紋でもっと丈夫にしてみようか。

魔術紋帳に［物理防御］や［物理守護］というのが載っていて、前々からこれらを魔術基板にしてみたら丈夫な細工品になるかなと思っていたのだ。

いい機会なので、魔術基板の二枚載せを試してみよう。

新しい基板を取り出し、一枚は［幻視］を刻んだ。

もう一枚はどうしよう。っていうか、［物理防御］と［物理守護］は何が違うんだろう。

魔術紋帳ではそれぞれ［物理守護］使用例・護符、［物理防御］使用例・直接防御と書かれている。

護符……？　お守りってことかな？

試しにどちらも描いてみることにした。

初めての魔術紋なので羽根ペンで紙に描いてみて、何回か練習してから基板へ挑む。

まずは［物理守護］から。魔力を込めながら慎重にでも滑らかに、基板の上でチスタガネを動かしていく。最後に円を閉じると紋は今までになく大きく光を放った。と同時に指先から魔力がずるりと奪われた。

――――え!?　魔力が、取られた……？

軽い疲労感に襲われて、ぼんやりと魔術基板を眺めた。

魔術紋からは揺らぎながら立ち上った模様が、螺旋(らせん)を描いて空に消えていくのが見える。

魔石もなく、触ってもいないのに、発動している。

ということは、これ、常時発動する魔術なのか。

なるほど、持っていれば効果があるから護符に使うんだ。

念のため［物理防御］の方も描いてみたけれども、発動はしない。こちらは発動させたい時に魔力を使うタイプらしい。

それなら使うのは［物理守護］だな。いつ何時襲われるかわからないからね。

あとは夢炉で正常に動くかどうか。

炉の中の一番下に［物理守護］の魔術基板を入れ、その上に［幻視］の魔術基板と化粧板を入れて、それぞれ留める。そして魔石留めとスイッチを配置して動力線で繋(つな)いだ。

［物理守護］の具合を試してみたいところだけど――。

踏んだらわたしの足の方が無事じゃない。投げつけたら基板が外れそうだし。

［幻視］だけ確認して問題なければ修理完了にしよう。

そうそう踏まれるなんてことはないだろうから、大丈夫だと思うんだけど。

枕元に置いておくだけの物がそんなしょっちゅう壊れたりするわけないものね。

次の日にお届けに行ったところ、魔王様は崇めんばかりだった。魔王様ってば、そんなにナイトメアの夢が見たいんだねぇ。

喜んでもらえてうれしいけど、そんなに褒められるとやっぱり恥ずかしくて困ってしまいます……。

この世界の細工師は、前世で言うところの金細工職人に近い。貴金属の加工や細工の他、鍛冶師が作る武器防具・農工具以外の金物製品の製作や修理が仕事だ。

なので罠や鍵や装飾品なども作るし、調理器具やカトラリーなんかも修理、製作をする。

「ムッカーリさん、曲がったフォーク回収していきますね」

奥で作業する料理長のムッカーリさんのもとへ行くと、大男がニカッと笑った。

「助かるぞ。前の最高細工責任者がいなくなってから、まともなカトラリーが減っていく一方でな。スプーンもフォークもナイフも曲がって戻ってきやがる。どう使えば曲がるってんだよなぁ？」

「ははは……」

不器用な人が力任せに使えば簡単に曲がると思います……。

食堂で使われているカトラリーは鉄製だけど、奥に大事にしまわれている銀製ならもっと曲がりやすいことだろう。とても出せないという料理長の判断は正しい。

ふとムッカーリさんの手元を見ると、何かの肉の身を骨から外しているところだった。

「今日の夜食ですか？」

「おう。朝食の分もだな。北奥山の村で育てた灰色豚だ。さっぱりとした肉質だが、硬くない。美味い肉だぞ。ソテーと野菜炒めと焼豚になる予定だ」

「美味しそうです！　楽しみに仕事します！」

「任せておけ。おまえさん美味しそうに食うからなぁ。作り甲斐があるってもんだ」

頼もしい！　がぜんやる気が出てきました！

床に置かれた大樽には骨が入れられていく。

「骨の方は何になるんですか？」

「あ？　骨か？　ちょっと魔獣のおやつに残して、あとは捨てるぞ」

「ええ⁉　そんないい豚の骨をそのまま捨てちゃうんですか？」

「魔獣たちも肉の方がいいからあんまり食わないしな。あ、もしかして細工で使うのか？　好きなだけ持っていっていいぞ」

「ち、ちがいますよー。細工には使わないです。出汁……じゃなくて、スープを取ったら美味しいのになと思って」

「スープ？　身じゃなく骨なんかで作って、味出るのか？」

ここで出されるスープは、焼いた肉や野菜の具で出汁をとっている。だからそんなに煮込まれない。煮込むと具としての旨みが抜けちゃうもんね。

それでも十分美味しいけど、美味しい豚の骨をコトコト長時間煮込んだ濃いとんこつスープ……。

想像しただけも美味しそう！

「細い骨はそのままで大きい骨は割って血抜きした後、じっくりグラグラ長時間煮込むんですよ。長ネギの青いところとショウガを入れると臭み消しになります。あとアク……モコモコがかなり出るのでしっかり取り除くのが重要です」

「ほうほう、ずいぶん本格的な料理だな。長時間ってのはどのくらいだ？　一刻くらいか？」

「そんなものでは濃厚でとろりとしたスープにはなりません。強火で五刻は煮込んでほしいところです」

「そんなにか！　よしわかった。料理人の血が騒ぐぜ。今からなら朝食には間に合うな」

「わたし、いい頃合いにまた来ます！　あと、麺が合うので、麺の用意もお願いしたいです」

とんこつスープときたら麺でしょう！

「大丈夫だ。朝食時にはいつも麺メニューを用意するからな」

いやったぁ‼　今日の仕事の後はとんこつラーメン！

前世ぶりの料理に胸を高鳴らせながら、わたしは細工室へ戻っていった。

スープカップの中には幸せの世界が広がっていた。

漉してとろりとしたスープには、塩漬けしたソーイ豆をオイルに漬けたソーイ油でシンプルに味付けをしてある。ソーイ油は見た目が薄口醤油、お味は旨みがあってまろやかでコンブ醤油に近い。

麺はいつもの卵を使っていない中太ストレート麺でスープの白色とマッチしている。

魔王城特製焼豚は、薄切りにして優雅な扇子のように麺を飾り、添えられた長ネギがそれらを引き立てている。

スープを一口飲んで、わたしは幸せのため息をついた。

とろりとしたクリーミィなスープが舌を柔らかく包む。ふんだんに使ったネギとショウガのおかげで臭みは全くなく、食欲をそそられるいいお肉の香りが鼻に抜けていく。ソーイ油の優しい塩味の後から甘さがふわぁと広がって、一口飲んではもう一口と後を引く。

ああ、すっごく美味しい‼　至福‼

スープがほどよく絡んだ麺をちゅるんと口に入れれば、前世のにぎやかなラーメン店にいるような気がした。

これはもうほぼとんこつラーメン！　紅ショウガ欲しいなぁなんてのはさすがに贅沢だよなぁ。

懐かしい味に大満足していると、料理長もミーディス様もシグライズ様もラトゥさんも大きなスープボウルを持ち上げてフォークでかき込んでいた。

「こりゃ美味いな！」

「なんすかこれ⁉　すげぇ美味いっす！」

「柔らかいスープなのにこってりとして……なんとも深みがありますね」

ミーディス様のお言葉に、わたしはにんまりとした。

「ミーディス様、お目が高いです。これはさらに、お肌にもいいという噂なんです」

「美味（おい）しい上に肌にもよいと？　ムッカーリ！　これを定番メニューにしなさい！」

「はい、宰相閣下！　明日からメニューに入れさせていただきやす！」

「体があったまるなぁ。嬢ちゃんが考案したって？　住んでいた村の料理か？」

「あ、ええと、町の方で……」

前世に住んでいた町だけど。

みんなでにこやかに美味しくいただいていたのに、ラトゥさんが急にどんよりとした。

「……城ならこんな美味いものが食べられるのに、遠征なんて行きたくないっす」

「ラトゥ、それは言うな。言うと余計につらくなる。だが、これからは闇ランタンがあるから、明るいところでも寝やすくなるぞ。ありがとよ、嬢ちゃん」

闇岩石ランタンが、さっそく役に立つみたいでよかった。

でも、野営に行く全員分のランタンはない。素材になる闇岩石さえあればもっと作れるんだよなぁ。

普通のランタンの光魔石の代わりに闇魔石を使えば、もしかしたら暗くできるかもしれない。

でも、闇魔石は家宝の宝石の中に一つしかない、特に希少な魔石だった。当然、わたしは闇魔石を掘り当てられたことはない。そんな貴重な魔石をランタンに使ってみようとは思わないよなぁ。

もしかしたらドワーフでも掘れないような、もっと深いところでしか採れないのかもしれない。

「ミーディス様、暁石と闇岩石の話ってどうなってますか……？　闇岩石があれば野営に使える闇岩石ランタンが人数分作れるんですけど」

「取引部の方にはまだそれらの石の情報がないようです。探しに行った魔石責任者はドワーフ国との魔石取引の日には一旦戻ると言っていたので、明日登城すると思いますよ。何かいい知らせがあるといいのですが」

そうか。明日はドワーフ国との取引があるんだ……。

ドワーフ国といっても広いから、知った顔に会うことはないと思うんだけど……。少しだけ不安になる。そして村を出ていなければ、わたしが掘って磨いた魔石があったかもしれないと思うと、なんとなく複雑な気分だった。

「あの、わたしから魔石責任者の方に話をしてみてもいいですか？」

「もちろん構いませんよ。手配が必要なことがあれば遠慮なく言いなさい」

ミーディス様の言葉にうなずき、最後のスープを飲み干した。

それにしても。

相変わらず、食堂に魔王様の姿はない。

ここには美味しいものが待ってるんだから、魔王様もちょっと手を休めて来たらいいのにね。

次の日、ラトゥさんの案内で入ったのは、魔石取引をする取引の間のとなりの部屋だった。

大きなガラス窓からとなりの部屋の明かりが入り、ランタンは必要なさそうだ。

ガラス窓の向こうに、壁に絵画がかけられた立派な内装が見えているが、まだ誰もいなかった。

ここは不正やらがないか見張るための場所なのだそうだ。このガラス窓はマジックミラー的な魔道具で、向こう側は絵画になっているらしい。

「魔石に限らず、他国との取引は武官と文官の誰かが立ち会うっすよ」

「今日はラトゥさんの番なんですか？」

「や、立ち合いは四天王の仕事じゃないっす。オレっち、魔王国軍四天王序列二位っすよ。本当はもっと下の者の仕事っす。今日は、ノーミィさんを案内するのに代わってもらったっすよ」

ラトゥさんはニカッと笑った。

え。ラトゥさんも四天王だったんだ!? 驚いて見返した。

頭上でツンツンととがった短髪は赤みを帯びた焦げ茶色で、同じく茶色の瞳(ひとみ)が楽しそうに細められている。

最初はミーディス様の部下の文官だと思っていた。けど、遠征に行くのが嫌だ、野営がユウウツという話を聞いて、武官らしいと認識を改めたのが先日。

たしかにちゃんと見れば、シグライズ様に比べると細いけど服の上からでも肩や腕の筋肉がわかるほどで、強そうな感じもする。

ってていうか、序列二位って! ナンバー2ってことだよ! シグライズ様の次に偉い人だったよ!

ミーディス様のマッサージ係の武官じゃなかったんですね!?

「あ、案内をわざわざありがとうございます、ラトゥさ……ま」

「天才の最高細工責任者殿に様とか言われると困るっす。さんでいいっすよ、ノーミィ様」

「や、や、天才じゃないし! わたしもさんでお願いします!」

ラトゥさんの説明によると、魔王国では国が魔石を買い取って、町の魔石販売所に卸しているのだそうだ。

ドワーフ国との魔石取引は十日に一度、0の付く日に行われるのだとか。いくつかの町村と取引をしていて、今日も来た順に取引していくという話だった。

そんな話をしているうちに、厨房で見かける魔人さんが取引の間に入ってきてお茶の準備を始めた。

次に、文官の制服を着た者が三人ほど入ってきた。

うち二人は体もツノも立派な男女の魔人さんだけど、もう一人は——若いご令嬢……？　ご令息……？　ジャケットに七分丈パンツのとにかくお人形のように綺麗な者だった。長いアイスブルーの髪にキャスケット型の制帽をかぶっている。ほっそりとしてツノも羽もなく、魔人っぽくない。

「あれが魔石責任者っすよ」

ラトゥさんはそう言うと、部屋の壁の端にあった扉の取っ手を引いて向こう側に顔を出した。

「——おつかれっす」

「あれ、ラトゥが今日の見張り番？　珍しいね」

答えたのはアイスブルーの美形さんだ。声までも軽やかなアルトで中性的。

「当番に代わってもらったっす」

手招かれたのでラトゥさんの横から顔を出すと、美形さんは目を見開いた。

「あ、あの、はじめまして……」

「——ラトゥ、だめじゃないか。妖精の子をさらってくるなんて」

「妖精の子じゃないっす。新しい最高細工責任者のノーミィさんっす」

「うん？　ドワーフって聞いていたような気がするんだけど、ノームだったんだ？」

「わたし、ノームじゃないです。あの、石を探しに行ってくれていたと聞いたんですけど……」

「そうなんだよ、ミーディス様からいきなり必要な石があるって言われてさ。獣人の国まで行ってきたんだ」

「ええ⁉　獣人の国って遠くないんですか⁉」

「まぁ、ちょっと遠いけどね。普段も国内魔石店の様子を見にあちこち行っているから、たいしたことないんだよ」

小首をかしげる姿も麗しいですが、なんかお手数おかけして申し訳ないです！

トントンとノックの音がして、話は中断した。

わたしとラトゥさんが小部屋の中へ身を隠すと、ガラス窓の向こうの部屋には先導の武官と箱を担いだ二人のドワーフが入ってきた。

久しぶりに見る祖国の者の姿にドキリとする。

千両箱のような箱を次々とテーブルに置き、ふたを開けている。魔石は重いので、小さい箱に詰めるのだ。それに浅い箱の方が魔石鑑定もやりやすい。

顔を上げた二人は知らない顔だった。村の者ではない。わたしはいつの間にか止めていた息を吐き出した。

場にいるのはすでによく知った者同士らしく、挨拶(あいさつ)もそこそこに取引に入っていた。

箱の中の魔石を、美形の魔石責任者さんが確認している。道具を使わないってことは魔石鑑定眼持ちってことか。

魔石鑑定で判別するのは、魔石の属性と品質になる。

属性はうっすら魔石に付いている色でもわかるので、魔石鑑定眼がなくてもわかる。けど、色がかなり薄いので、見極めに慣れと時間が必要。

品質の良し悪しを判別するのは、まず魔力量。これは元の鉱石によるから仕方がないんだけど、多少バラつきがある。うちでは無属性で魔力量が少ないものは自宅用にしていた。属性付きの魔石は納品しちゃうけど。

それと磨きが案外大事。ちゃんと磨いていないと魔力が抜けてきた時に、すぐ欠けちゃうからね。

同じ魔力量でも持ちが変わってくる。

その中で魔力量に関しては、量る道具がある。属性と磨きに関しては目で確認するしかないから、かなり時間がかかるのは間違いない。

でも魔石鑑定眼を持っていれば一瞥（いちべつ）するだけでわかるんだよね。属性の色ははっきり見えるし、魔力量も魔石の光り方の強弱でわかる。磨きも輝きのキレでわかるの。魔石が澄んでいるのはよく磨かれているし、曇っているのは磨きが足りないという感じ。

こんな便利な魔石鑑定。実は、ドワーフでもできる者は少なかったりする。

「――ああ、質は悪くないね。いつもの金額でいいかな」

「それでいい」

「そういえば探している石があるんだけど、暁石と闇岩石って扱ってない？」

「聞いたことない石だな」

「ワシらは運び専門だから、石のことはわからない。そんで魔石を扱っている工房は魔石専門だ。他の石は扱ってないぞ」

「まぁ、そうだよね。他でも聞いたけど同じこと言っていたよ――はい、今回の預かり証。いつものように金庫室でお金と換えてね」

　魔石責任者は手元の紙にペンを滑らせ、その紙をドワーフに渡した。

「毎回、質が安定していて助かるよ」

「このくらいは普通だ。そういえば、ダサダサ村のやつらが取引を止められたと騒いでいたが、本当か？」

　――ダサダサ村って！　え、取引止められた⁉

「ああ、あの村ね。魔石の取引は止めてないよ。質が落ちたから買い取る金額を下げるって言っただけ」

「なんと……。そんな悪いものを売ろうとしてたのか」

「あそこは元々そんなによくなかったけど、一部のものが最高品質だったからおまけして普通の金額で買い取っていたんだよね。でも、それももうなくなったし、全然価値ないんだ」

　村の者たち、何やってるの！

あまりのことに呆然としているうちに取引は終わり、ドワーフたちは出ていった。

「ノーミィさん、大丈夫っすか？　取引と取引の間の休憩時間になるっすよ。向こうに行くっす」

「だ、大丈夫です……」

よろよろと小部屋から取引の間に入ると、振り向いた魔石責任者は驚いて眉を上げた。

「君、顔色悪いけど大丈夫？」

「大丈夫です……。あの、さっきの、ダサダサ村って……」

「ダサダサ村を知っているんだ？　もしかしてドワーフなの？」

「そんなような感じというか――この間までダサダサ村に住んでいたんです。さっき、質がよくないって聞こえたんですけど」

「そうなんだ。最近、魔石の質も細工品もひどい――ん？　いつこっちに来たの？」

「ひと月前くらいですけど」

「……なるほど」

話によるとダサダサ村は魔石の金額を下げられ、細工品を扱っている魔王国最大の商会からは取引停止にされたのだとか。魔人は最大の取引相手なのに、どうするの……。

「で、ノーミィだっけ？　まだ名乗ってなかったね。ボクはアクアリーヌ・リル・ライテイ。アクアリーヌって呼んで」

名前が女性名だから、ボクっ子さんってことか。

「アクアリーヌさんですね。わたしはノーミィ・ラスメード・ドヴェールグです。ノーミィと呼んでください。――あれ？　ライテイってシグライズ様にもついていたような……」

「そうそう。門名だよ。ライテイ一門。ノーミィは爺様の門名を継いだんだね」

「魔王様につけてもらいました」

「そっか。爺様も冥界で喜んでいるだろうね。――ああ、石の話だよね。さっきの話も聞いていたと思うけど、魔石を扱っているところでは暁石なんて知らないって者ばっかりでさ。だから、光る石を使っているって噂の獣人の国まで行ってきたんだけど、石じゃなくてなんかの骨だったんだよ。怖いから買ってこなかったんだけど」

「骨……。それはたしかに怖いです……。ドワーフの国の宝石店には売っていたんですよ。ただ使いどころがなくて、あまり採掘されてなかったんですよね。だから数が少なくて」

「なるほど。それなら一応、装飾品を仕入れている商会の方に頼んでみるよ。数が少ないんじゃ入手は難しいかもしれないけど」

「そうですよねぇ。やっぱり自分で掘りに行くしかないかもなぁ……」

　思わずそうつぶやくと、ニコニコと話を聞いていたラトゥさんが人差し指をぴんと立てた。

「オレっちイイコト思いついたっす。それならいっしょに四天王巡回に行けばいいっすよ！」

四天王巡回。

シグライズ様を先頭に四天王の方々とその部下たちがぞろりぞろりと練り歩く——わけではなく、実際はもっと地味なものだった。

毎月四天王のうちの誰かが魔王国軍の砦や野営地へ行き、報告を聞いて指導をして士気を高めるのだそうだ。

魔獣や魔物の異常行動や、すぐに戦いを仕掛けてこようとする人の国の動きなども四天王が直に確認することになっていると。

砦がない駐屯地では毎日野営生活。砦があるところも近くに町がないということだから、辿り着くまで宿もなく野営。野営を快適にできるものは大歓迎なのだそうだ。

石の在庫があった分の闇岩石ランタンはもう渡してある。足りない分も早く作らないと。

石畳の上をガタガタとスレイプニルがひく荷馬車が行く。

御者台で手綱を持つのはアクアリーヌさん。魔石責任者だからと、なぜかいっしょに四天王巡回に行くことになっていた。

わたしはそのとなりで揺られている。

軍馬と荷馬車の隊列は北の山へ向かっているらしい。

初めてちゃんと目にする王都ドッデスの町は、あちこちにぼんやりと灯（とも）る明かりが飾られており、幻想的な景色を見せている。不思議で綺麗。行きかう人々の服はラメのようなものが付いているのか、時々キラリと光って見えた。反射板みたいな役割なのかもしれない。

馬車が進むと建物が徐々に減り、道の舗装もなくなった。そこからは進んでも進んでも見えるのは夜の森だった。

「馬車の揺れ大丈夫かな？　酔ってない？」

町を出てからは周りの音も車輪の音も小さくなって、アクアリーヌさんとおしゃべりをした。

「大丈夫です。わたし馬車に強いみたいなので。村から逃げる時に、ずっと馬車の中の荷物に紛れていたんですけど酔わなかったんですよ」

「それにしてもひどい話だね。ノーミィみたいな小さい子を追い出すなんて」

わたしが村を出た時の話をした時、アクアリーヌさんはすごく怒ってくれた。今も中性的な美しい顔に不快そうな表情を浮かべている。

この間は気付かなかったけど、耳の形がひらっとしているのが目に入った。魚のヒレのような感じで、アクアリーヌさんの青い髪とよく合っていた。

魔王国にはいろんな者がいるんだな。そう思って見ていると、美しい顔が人の悪そうな笑みに変わった。

「でもさ、ダサダサ村なんて出てきてよかったと思うよ。魔王国で一番大きいリル商会が取引やめちゃったし、小さいとこも手を引いたみたいだよ。近々やっていけなくて廃村になっちゃうんじゃないかな。魔王国は優秀な細工師を迎えられて、いい形に納まったね」

「……廃村……」

小さい村は、村全部で一つの工房みたいなものだ。取引ができなくなれば、他の村や町で仕事をするしかないだろうね。

それでも、村を出てよかったです！　とは、なかなか言えないなぁ。除け者にされてつらい思い出が多いけれども、生まれ育った村だもの。わたしが父ちゃん母ちゃんと暮らしていた家もあるし、父ちゃんの墓もあるし。複雑。

でも、アクアリーヌさんが怒ってくれるのは、うれしかった。

「あ、町の商会で宝石や宝飾品を扱っているんですよね？　暁石や闇岩石がひょっこり交ざっていたりしないでしょうか」

「魔石はもちろんボクが全部見るんだけど、宝飾品や宝石も見てほしいって持ち込まれるんだよ。大きな取引の時は呼ばれたりするし。魔石鑑定眼で宝石の種類や良し悪しもわかるからね。まぁようするに、国内のほとんどの石は魔石責任者のボクの手元を通っていったものってこと」

「なるほど……。あれ？　魔石責任者って一人だけなんですか？　その上に最高魔石責任者さんがいらっしゃるのかと思ってました」

「最高の言葉がつくのは、作り手だけなんだよ。魔石でいうなら魔石鑑定だけじゃなく、掘れて削れて磨ける者が最高魔石責任者になれるんだよね。ボクの前の魔石責任者は最高細工責任者の爺様だったよ」

そう言ったアクアリーヌさんは、にっこりと素敵な笑みを浮かべた。

「ところでノーミィは掘れるし磨けるんだよね？　鑑定はできるのかな？」

——無理！　鑑定はできるし掘れて削れて磨けるけど、ドワーフと取引が無理！

イエスともノーとも言えず、あわあわするわたしを見てアクアリーヌさんはアハハと声を上げて笑った。

北山の手前、マコイ山が本日の野営地だ。

魔力が濃く、強さを増した魔獣がいるから常時軍が野営をして見張っているという話だった。王都からそう離れてないので砦は作っていないとか。さすが軍の人たちはテント暮らしでも大丈夫なんだな。

野営地は広く拓かれており、遊牧民が使っているゲルのような円柱の天幕がいくつも建てられていた。

魔王軍の兵士たちが敬礼だの報告だのをしているのを横目に、わたしとアクアリーヌさんは自分たちのテント設営に取りかかった。

「あの、わたしテントなんて建てたことないですけど……」

「大丈夫。ボクもない」

美しい笑顔をいただきましたが、全然大丈夫じゃないです！

しかも荷車の中にあったのは長い木の棒が数本と、厚地の布やら革やら。

何これ。これがどうしたらテントになるの。

「この長い木の棒を立てるらしいよ」

「たてる」

「それで布を載せるって」

「のせる」

棒の上で布を回す大道芸のようなものしか思いつきません！

――待てよ。そういえば、ネイティブ・アメリカンのテントって三角の上に木の棒が見えてなかったっけ。

「これ、上で交差するように棒を立てるんじゃないですか」

「あ、そうかも。ノーミィ、賢いね」

それじゃ、それぞれ立てて上でクロスするように――って二人だけじゃどうにもならないよ！

あと六本残ってるし！

「全部まとめて立てて、下側を少しずつ広げてみようよ」

「はい。結構重た――――倒れる‼　ひゃぁぁぁぁあ‼」

「うわぁぁぁあ‼」

派手に倒れた。野営地に響き渡ったね。わたしたちの悲鳴が。

おかげでシグライズ様たちが飛んできて、あっという間にテントを建ててくれた。

「次は夜食の準備だね」

「あの、わたし食事は作れますけど、外では作ったことないです……」

「大丈夫、ボクは家でも作らない」

麗しい笑顔をいただきましたが、不安しかありません！

そこに箱を抱えたラトゥさんが来た。

「夜食っすよ〜。干し肉っす。牛と鹿と猪（いのしし）があるっすよ」

「もしかして、それが夜食ですか……？」

「堅パンと葡萄酒（ぶどうしゅ）もあるっす」

「たき火を使って食事を作ったりとかは……」

「食べられるものを作れるやつがいないっす。それに火の片付けが大変だからたき火もやらないっすね」

郷に入っては郷に従えだ。

カバンの中の柔らかパンが脳裏をよぎったけれども、わたしも干し肉と堅パンをいただくことにした。

アクアリーヌさんと二人、テントの中で配給されたものを口にする。

硬い。冷たい。美味い。堅い。寒い——……。

そりゃぁラトゥさんも野営になんて行きたくないって言うわけだよ……。

「うう……。アクアリーヌさん……。テントって結構寒いんですね……」

「たしかに寒いかも……。天井開いてるし。ああ、だから葡萄酒で温まるってことか」

「だめです、これから掘りに行くのに飲めません」

「じゃ、仕事後の朝食に飲もう。今は体動かそうか」

テントの中で干し肉をかじりながら、立ったり座ったりぐるぐる回ったり。ドワーフと魔人のアヤシイ儀式が始まった。

食べたのかなんなのかわからなくなるような悲しい儀式を終えて、わたしたちはテントから出た。

大きい天幕の中を覗くと、こちらは妙に盛り上がっている。

「——四天王巡回で配られる干し肉はやっぱり違いますなぁ」

「こんなに種類があって豪華でございますよねぇ！　この猪の美味いこと！」

「四天王様が毎日来たらいいのになぁ」

はしゃぐ兵士のみなさん。

わたし、泣きそうです……。あれで喜べるって普段は一体、何を……。

そこに交ざっているシグライズ様、笑顔だけれども目の前には葡萄酒しか置いてないし。

ラトゥさんに至っては、虚ろな笑みを浮かべたまま干し肉をかじっている。それ闇落ちした人の目だよ……。

いろいろとひどい有様だった。

わたしは見なかったことにして声をかけた。

「……シグライズ様、掘りに行ってもいいですか？」

「ああ、いいぞ。道の向こう側なら魔獣もいないだろうが、野営地の明かりが届く場所でな。何かあったら叫ぶんだぞ」

この辺りはあちこちにランタンが下がっているから明るい。けれども少し離れると真っ暗だ。ランタンを腰の左右に吊るし、明かりを確保。

アクアリーヌさんも同じ格好をして、出発した。

「アクアリーヌさんはシグライズ様たちと待っててもいいですよ？」

「あそこに交ざるのはちょっと遠慮したいかな……。ボクも掘ってみたいんだよね。石を扱う者として、どんな感じなのか興味がある」

「仕事熱心ですね」

「いや、ごめん。本当は掘り方を教えてもらって、一攫千金狙ってた」

「正直ですね！」

でもわかります。大地には金銀財宝ゴロゴロですから！

荷馬車で通ってきた山道を横切ると、なだらかな斜面になった。

「ノーム様、いつもありがとうございます。大地の恵みを少しだけわけてください」

頭を垂れて意識を研ぎ澄ます。

なんとなく惹かれる方へ向かっていき岩肌につるはしを突き刺すと、リーンと体の奥で音が聞こえる。

これが、何かが採れる合図だ。

「良いものが眠っている気配がしますよ！　フフフフフ……さぁ何が出てくるかな」

「さすがドワーフ。頼もしい。ボクもがんばるよ」

アクアリーヌさんは魔法で筋力上昇を使ったらしい。そしてふたりでツルハシを振り下ろした。

そこからはただただ夢中で掘りまくった。

眉間に力を入れて凝視すると、掘り出したばかりの塊でも何の石かわかるんだよね。これが鑑定眼。

原石にそれぞれの名前が浮かび上がって見える。魔力が濃い場所のせいか、魔銀、魔石、土魔石が多い。ものによっては二、三種類の名前がある塊もあった。

試しに魔石のかけらを、余分な部分をやすりで落としてから魔力を込めて磨いてみると。

放たれた光は強く、魔力量が多いことがわかる。

うん、上々。質のいい魔石になりそうだ。

「――ノーミィ、すごいね……。あっという間に最高品質だ……！」

「なかなかいい魔石ですよね！　この辺りの魔力が濃いせいですかね」

「え？　いや、磨く前は悪くないって程度だった……って、まぁいいか」

アクアリーヌさんも品質の良さに納得したようで笑っている。

植物泥炭もたくさん採れる！　他にも暁石、月光石、天覧石、天河石……アマゾナイトだよ！

青や青緑が綺麗な石。ターコイズより明るく優しい雰囲気で、装飾品にもいい。

町からちょっと出ただけでこんなにいろいろ掘れるなんて、魔王国の資源はなかなか豊富。

わたしたちは喜び勇んでわっさわっさ掘りまくった。

「いいねいいね！　ザックザクじゃないか！　こんな町の近くでも出るものなんだね」

「なかなかいい感じです！　高価な貴石も出ちゃうかもしれませんよ」

とりあえず掘り出したものはわたしが預かって、ある程度削って磨いてから分け合うことになった。

わたしたちは欲望のまま、さらにツルハシを振ったのだった。

肝心の闇岩石は少ししか見つからなかったものの、暁石は結構採れたし貴石も何種類か出て成果は上々。

意気揚々と野営地まで戻ったけど——直面した現実に気分は急降下だった。

テントは相変わらず寒い。上がった気持ちだけじゃ、温度は変えられないんだよ！

床に何かの動物の革と毛織物は敷いてあるけれども、暖かいとは言えない。

シャワーもお風呂もなく。

食事はまた堅パンと干し肉。今度は葡萄酒も飲んだ。

寝る時は厚地の毛布を二枚かけるだけ。

外が白々と明るくなっていく中、くるまっている毛布から手だけ出して昼夜ランタンを取り出した。

スイッチを闇の方に倒すと、一瞬浮かび上がった魔術紋はすぐに消え、暗闇が空間を満たしていく。

「な……何これ……。今の、ランタンだったよね……？」

「暗闇にするランタンなんですよ。探してもらっている闇岩石で暗くしているんです」

「ああ、これのための石なんだ……。どういう仕組みなんだろう……。すごい技術だね。先代の爺様のさすがドワーフという技をいろいろ見たけど、ノーミィのはなんか全然違うよ」

まぁ、普通のドワーフの規格からは外れているだろうな。

わたしとアクアリーヌさんは横になったけれども、寒くて自然と身を寄せ合っていた。

「く……地面が硬くてごつごつする……」

「うう……。兵士さんたちよく耐えられますね……」

「しかも彼ら鎧着たまま寝るらしいよ」

「頑丈過ぎませんか……。しかも寒い……。今って冬期じゃないですよね……」

「冬期は二か月前には終わったよ……。山が寒いんだよ……。こんな寒いなんて話、聞いてない……。彼らより毛布多くもらってきたのに」

「えっ、これより寒い状態で寝てるんですか!?」

「軍の者たちっておかしいよね。ボクさ、人魚の血を引いているから寒さに強いって思われがちなんだけど、全然そんなことなくて。寒さ暖かさはほどほどが一番だよ」

「アクアリーヌさんは人魚の血筋なんですか?」

「パパが人魚なんだ」

なんと、ハーフマーメイド!

「わたし、ハーフドワーフなんです。父がドワーフで」

「そうなんだ？　ドワーフらしくないなと思っていたんだ――ってごめん。そう言われたらいやだよね」

「みんなと違うのを気にしてましたけど……母に似てるのはいやじゃないです」

「そっか。そうだよね。ボクも一人だけ違うし変だって言われたけどさ、パパと同じ髪色は自慢だったよ」

アクアリーヌさんの艶やかで美しいアイスブルーの髪。それは自慢に思うだろうね。

わたしはどうだろう。

ドワーフ国ではずっと帽子をかぶっていた。父ちゃんに言われていたせいもあるけど、いやだと思っていたのかな。

前世を思い出すまでの村での出来事は、薄く霞がかかったような記憶だ。でも、いやだと思っていたのは除け者にされることで、髪の色ではなかったと思う。

そして魔王国に来てからは髪色を気にしたことはなかった。

「わたしもこれから……自慢だと思えるようになるんですかね……」

「きっとね。だって、そのキラキラする髪、綺麗だよ」

ひんやりとしたテントの中。

背中合わせにした背中がほんのり暖かかった。

「――ノーミィ。この不思議な闇のランタン、落ち着くね。ボクにも作ってくれる？　お金上乗せするからさ……」

ああ、そうか。ランタンもなかったら、このつらい状況でさらに明るい中で寝ないとならないのか。兵士のみなさんは大変だ……。

「上乗せ分はなくていいですよ……」

「じゃ……今度一杯ごちそうさせて……」

返事をしたのかできなかったのか覚えているのはそこまでで、いつの間にか寝てしまったらしい。

目が覚めてランタンの闇を消すと、テントの外はうっすらと黄色がかっていた。夕方みたいだ。

同じくらいに目を覚ましたらしいアクアリーヌさんが、となりでぼーっとしていた。

「……いい夕ですね、アクアリーヌさん」

「……いい夕だね。ノーミィ」

起きたわたしたちは互いに何を言うでもなく、高速で身支度を済ませた。

そして、シグライズ様に十分掘れたので帰りますと告げた。

用事が済んだのでという体で言ったというのに、シグライズ様は苦笑し、ラトゥさんは「ずるいっす！」と抗議した。

ええ、ずるくて結構です。深窓のハーフドワーフとハーフマーメイドに、これ以上の野営は無理なのです。本当にすみません。

シグライズ様には帰ると言ったものの、ちょっと掘ってから帰るくらいの時間はある。

また二人で夜食の時間まで掘った。

「アクアリーヌさん、夜食食べましょう。料理長が持たせてくれたパンがあるんですよ」

「そんないいもの隠し持ってたんだ？」

ムキン葉という大きな葉っぱに包まれたパンをカバンから出して、一つアクアリーヌさんに渡した。

立ったままパンをかじる。お行儀という単語は忘れる。

このドライフルーツ入りの黒パンは、夕食時の食堂に時々並んでいる物。酸味のあるほどよい弾力の生地に甘みのアクセントがうれしい。クリームチーズをはさんでも美味(おい)しいだろうな。葡萄酒(ぶどうしゅ)とも合いそう。

「美味しいね……」

アクアリーヌさんが遠い目でしみじみつぶやいた。

ガッチガチに硬くないパンがある。

ただそれだけのことが、こんなに幸せだとは……。

動いて温まった体を、山の涼しい風が心地よくなでていく。

――――――――‼


不意に殺気を感じて、とっさにしゃがみ込んだ。もちろんパンは抱えたまま。

わたしが立っていた場所を、何かの鳥がすごい速さで横切っていった。

となりで食べていたアクアリーヌさんもしゃがみ込んでいて、全部口に突っ込んですごいほっぺになっている。

わたしはパンを厳重に抱え込み辺りを見回した。

――カラス？　やっぱりカラスなの？　わたしの天敵‼

気配が消えた。

じっくりと見ても姿はない。恐る恐る立ち上がると、すぐ近くからパンに向けて灰色のものが飛んだ。

「あっ！　パンが！」

驚いて思わず落としそうになったパンに、鳥のくちばしとわたしの手が重なった。

くちばしをパンごと両手でつかむ。ばさばさ暴れているけど、絶対に離さないぞ！

脇で灰色の羽毛に包まれた体も抱えた。捕獲成功。

鳩をひとまわり大きくしたようなぽっちゃりした鳥だった。こんなふっくらしているのに見失うほど素早いのか。

じたばたしているけど、放しませんよ？　丸々として美味しそうだし！

しゃがみ込んだまま口をもぐもぐしていたアクアリーヌさんが立ち上がって目を丸くした。

「あれ？　これ雲隠鳥じゃないか。よく捕まえたね。小心者で逃げ足が速い魔物なのに」

「そうなんですか？　図々しく手に持ったパンを狙ってきましたけど」

「捕まえるのが難しくてなかなか獲れないから、幻の美味鳥って言われてるよ。脂がのって美味しいんだ」

それはいい。高く売れるだろうし、さばいて食べてもいい。料理長に渡せば美味しくしてくれることだろう。

父ちゃんと森に掘りに行っていた時は、罠を仕掛けて鳥を獲っていたもんだよ。

わたしのパンに手を出したことを後悔するといい！

「でも、きちんと躾ければ使い魔になるから、飼っている人が多いよ」

「え、使い魔？　って、なんですか？」

「主の命令を聞いて仕事するんだよ。城にもいるよね。使い魔カラス」

「あっ！」

ミーディス様が使役しているお利口なカラス！　あれか！

「これが、あんな風に働くんですか？」

疑いの目を向けると、鳥は気に入らなかったのかバタバタと暴れた。

「こら、鳥！　暴れるな！」

アクアリーヌさんは往生際の悪い鳥に向けて、人差し指をくるくると動かした。

すると鳥の足に金色の足環がはまった。

「とりあえずノーミィの魔力に鎖を付けておくよ。魔力を込めて命令すれば言うこと聞くと思う」

「えっ！　すごい！　これも魔法ですか⁉」

「魔力操作ね。基礎魔法だよ。使い魔を使役するのは、魔人のたしなみだからさ――ほら、魔力を込めて命令してみて。魔力で繋（つな）がった使い魔へ命令するのに魔法はいらないから」

魔力を込めるのは、魔石磨きの時のようにすればいいのかな。

「……鳥、おとなしく！」

『ギ』

おお！　隙あらば逃げ出そうとしていたのに、おとなしくなった！

少し手をゆるめたけど飛んでいかない。

「大丈夫そうだね。放しても呼べば来ると思うよ」

「じゃ、鳥、自由にしてよし」

バサバサと慌てて遠ざかっていく。

「鳥、来い！」

魔力を込めて呼ぶと、遠くに飛んでいっていたはずなのに、ふっと目の前に現れた。

「え!? 召喚された!?」

「空間移動系の魔物は使い勝手がいいんだ。きちんと教えれば手紙の配達とかもしてくれるよ」

鳥は不本意そうな様子だけど、わたしの腕にとまっている。

全体的に灰色で羽の縁や一部が濃灰色。見ようによっては緑にも見える。そして丸っぽいふっくらボディ。

うん。丸々としていて美味しそう！

そう思っているのがわかったのか、鳥はぶわっと羽をふくらませ、くちばしをカチカチさせている。

なんだ、威嚇か？ 威嚇なのか？ ふくふくのクセに生意気だな。そんなことしても可愛いだけだからね？

売るか食べるかと思っていたけど――こうして見ていると、段々可愛く見えてきて、飼おうかなという気もしてくる。これが情が移るってことなのか……。

「鳥なんて飼ったことないんですけど、鳥かごとかいるんですかね？ 寮で飼っても大丈夫なんでしょうか」

「使い魔だから、鳥かごはいらないよ。うちの実家のカラスたちは、呼ばない間は自由に過ごしているみたい。寮で使い魔を飼っている者を何人か知ってるよ。故郷が遠いと使い魔で連絡取りたいだろうしね」

なるほど。鳥は案外生活に根付いている模様。仲間がいるのはいいかもしれないな。

連れて帰るのは問題ないみたいだし、餌はパンでいいのかな。

さっき慌ててカバンにしまったパンを取り出して「食べてよし」と言うと、鳥はパンといっしょにドライフルーツもついばんだ。そうだよね、ドライフルーツ美味しいもんね。

威嚇してたことなんて、すっかりなかったことにしたようだった。

現金過ぎて可愛いな！

飼うなら名前を付けないとだよね。雲隠鳥か。クーちゃん……なんてガラじゃないし、クモちゃんだと虫みたいだし――。

「――クラウ。クラウにしよう。鳥、君の名前はクラウだからね？」

『ギチギチ』

うっ、鳴き声が可愛くなくて可愛いな！

「さ、帰ろう。そろそろ出ないと朝食に間に合わなくなるよ」

「そうですね。帰ったらまずお風呂に入りたいです」

「ボクも家に帰ったら直行するよ。って、あれ？　今、城の大浴場は浴槽が使えないって聞いたけど、使えるんだ？」

「え、そうなんですか？」

「かけ湯で済ませてるって、寮に住んでいる子たちが言ってたよ」

「大浴場は行ったことがないんです。部屋にお風呂があるので」

「部屋にあるんだ？　それならよかった。本当、早くさっぱりしたいよ」

『ギチギチギチ』

こうして一羽が増え、荷馬車は真っ暗な山道を町へと戻っていったのだった。

野営から帰ってきた次の日。

夕方に起きたわたしは、まずクラウの止まり木と餌台を作ることにした。

道具を作る用に持ち歩いている木材をカバンから出す。

ドワーフといえば金物だけど、手先が器用なので木工だってできるのだ。

ポールハンガーのような簡単な作りの止まり木を作って、玄関からすぐの作業場に置いた。

餌台と水入れも作り、近くへ置いておく。

巣箱はどうなんだろう。様子を見ていくつか止まり木を作ってもいいかも。キャットウォークみたいに長く棒を繋げてその時の気分で止まれたら楽しいかな。

クラウはわたしが呼ばない限りは好きにしているみたいで、今も目の届く場所にはいない。だからそんなに気にしなくていいのかもしれない。

でも、餌台にパンを置いたらすぐに来た。

『ギチギチギチギチ』

可愛くなくて可愛いな！

尾がフリフリと揺れている。喜んでいるっぽい。

クラウがパンをついばんでいるのを見ながら、わたしもパンをちぎって口に入れた。

昨日の野営はなかなか大変だった。

寒いし、地面はごつごつしているし、食事は冷たくて硬い。

わたしみたいに採掘をしに来ただけなら、無理です帰りますで済む。けれども巡回に行く四天王や野営地で暮らす兵士のみなさんはそうはいかないわけで。

寒いのとかは兵士さんたちは大丈夫みたいだけどね。闇岩石ランタンもこれから増えていくはずだから、よりぐっすり寝られるだろうし。

ただ、食事はどうにかしてあげないといけないと思うのだ。

冷たい干し肉と、口に入れてしばらくしないと噛めない硬いパン。あんな食生活を続けて、いざという時に戦えるのかなと心配になる。

温活なんて言葉もあるくらいだし、体の中から温めた方が体にいいと思うんだよね。

前世には電気ケトルという、スイッチ一つでお湯が沸く便利なものがあった。ああいうのがあれば便利だよなぁ——と思ったけど、こっちの世界にも似たやつあるじゃない！　お風呂！　火の魔石と水の魔石を使うから、電気ケトルよりもさらに便利。水の用意がなくてもお湯が使えるよ！

思いついたらもう試さずにはいられない。

「クラウ、わたしは仕事に行くね！　呼ぶまでは好きにしてていいから。おやつが欲しくなったら細工室においでよ」

『ギチギチ』

返事はするもののこちらを見もしない使い魔をそのままにして、カバンと帽子を手に持ち駆け出した。

鍋（なべ）を作るのは細工仕事だ。

作り方は二通り。型に金属を流し込み、スキレットのような厚みがあって保温効果の高い鍋を作る鋳造。もう一つの鍛造は、夢炉と同じように金属板から叩（たた）いて作るやり方になる。

どちらのやり方もアリだけど、魔王城の細工室にはプレス機という素晴らしい機械があるのだ。金属板の切り抜きもできるし、大きい力で金属板を型に押し当てて鍛造で形を作ることもできる。いろいろな型も用意されているから、大きさや形が違う鍋が少ない工程で作れるというわけだ。

人数分と思えばそれなりの数を作ることになるし、プレスで作ろうかな。持ち歩くにあたって軽い方がいいもんね。

火魔石のスイッチと水魔石のスイッチは別な方がいい気がする。ただの水が必要な時もあるよね。水じゃない牛乳とかスープを温めて使ってくれてもいいもの。

この仕様なら、火魔石だけ使って肉を焼くこともできるし、具材を炒めてから水魔石で水を出してスープや鍋物が作れる。

水が出る深型ホットプレートかグリル鍋という感じ。え、何それ、すごい便利！

一体型で作れば持ち運びしやすくて手軽だけど、鍋と基板を入れる場所が分かれている方が魔石の補充とメンテナンスがしやすい。

ネジ回しも上手く使えない魔人さんたちには、いっそ魔石がすぐ出し入れできる方がいいのかもしれない。

それなら上下を分けて、上は調理用の深い鍋で、下は基板を入れてスイッチを付けた二段式はどうだろう。

まずは試作を作ってみようか。

切り抜いた銅の板をプレス機に置いて足でスイッチを踏むと、ドンと降りてくる金型と下の金型に挟まって、鍋の形になる。

外側の余分な部分も切断されるので、鍋自体はもうほぼできあがり。ミルクパンより少し大きいくらいの銅鍋。同じ口径で浅型の鍋も作る。

切断した縁にできたバリを、足踏み式のバフでぐるぐる回して磨いて仕上げ、深い方には鉄の取っ手を二つ付けて両手鍋に仕上げた。

そして深型の鍋を、浅型の鍋の蓋を載せるための縁の段に載せてみる。

安定感は悪くない。

この下段の薄い鍋の中に基板を入れて、外側にスイッチを付ける予定なのだが。

スイッチをどうしたものか——。

お風呂なら一気にたくさん水が出てもいいし、量が多い分温まるのも時間がかかるから、スイッチはオンとオフだけでいい。けど、鍋は水の量も火の量も繊細な調節ができると便利だよね。

考えてみれば、ランタンだって明るさを変えられてもいい。日本の至れり尽くせりな電化製品を思い出してしまったら、そういう機能も付けたくなってしまう。

わたしは立ち上がって棚の前に立ち、魔石入れの中から火魔石と水魔石を取り出した。他に基板、動力線や魔銀と鉄の端材も出して机に載せる。

まず魔銀製の基板に動力線を這わせていく。スイッチの部分で出力を変えるようにするから、特に加減をするような配線にはしてない。火魔石用の線と、水魔石用の線をそれぞれ這わせ、スイッチへと繋ぐために線を長めに残した。鍋の外にスイッチを付けるからその分ね。

基板をひっくり返して裏側に魔石留めを二つ付けた。こちらからもそれぞれスイッチへと伸びる動力線を付けて長めに残し、鍋に取り付けた。

線と線の間にスイッチを入れれば、魔石からスイッチ、そこから基板へと繋がる回路ができあがる。

そして、肝心のスイッチ部分。

出力の大きさを変える部分は試行錯誤を繰り返し、魔力伝導率が高い魔銀と低い鉄の割合を少しずつ変えて、ドーナツ型の部品を作ってみた。

一番左がスイッチオフで、右に行くほど魔銀の割合が多くなり魔力をよく通す。ゆえに水や熱の出が強くなるはず。スイッチ付きボリュームだ。

最後に魔力を込めて鍋をコーティングする。焦げ付きや傷防止用ね。これ、使い魔に命令する時の魔力の使い方と同じだから、魔人のみなさんなら自分たちでメンテナンスできると思う。

よし、使ってみよう。

スイッチと線を仮に繋いで、水のボリュームのつまみを少しだけ回す。

ポタポタと数滴ずつ出てきたよ。少しずつ回していくといい感じに水が増えるゾーンがあり、通り過ぎるとドバッと出た。ちょうどいいゾーン狭いぞ……。スイッチはオンとオフだけでいいな……。

次に火魔石のボリュームのつまみを少しだけ回し、しばらく置いておく。ふと部屋の中を見渡すと、カラスとクラウが止まり木に止まって何か言いたげにこっちを見ていた。

「あ、来てたの！　集中してて気づかなかったよ。ごめんね。来たら呼んでくれていいからね」

『ギチギチ』

『クワ』

なぜかカラスも返事してる。まぁいいか。

離れたところに置いてある書き物をする机の方に、ナッツを置いた。

「分け合って食べてね」

二羽がお行儀よくついばむ様子を眺めてから鍋に指を入れてみたけれども、ちっとも温まってない。時間かかり過ぎ。

水を替えながら少しずつスイッチの位置を動かし様子を見た。こっちも危なくなさそうなちょうどいいスピードで温まるゾーンは狭かった。オンとオフだけでいいみたい……。

調節スイッチ、せっかく作ったのに！　――いや、これはなしで済むならない方がいい。作るのに時間も材料も多くかかるし、故障の原因も増える。だからオンとオフだけの方がいいんだよ……。

くぅ………。

諦（あきら）めてボリュームはなしにし、出力は配線で加減して鍋の中にセットした。

下側の鍋の外側には「水」「熱」と書いた押し込むタイプのスイッチを付ける。わざわざぎゅっと押し込まないとオンにならないので、知らない間にオンになっていたなどの事故は少ないと思う。

――名前は、魔石を使う鍋だし……。

「命名『魔石鍋（ませきなべ）』。できた！」

できあがったばかりの鍋を抱え、わたしはステップを踏んで廊下へ飛び出した。

遅めの夜食の時間になっていたので食堂へ行くと、ミーディス様が食事をしていた。

そのとなりでは料理長のムッカーリさんがどんぶり……じゃなくてスープボウルをつかんでいる。

「ミーディス様、お邪魔してもいいですか？」

「構いませんよ」

「おう、ノーミィ。このとんこつスープ麺は本当に美味いな！　今日も半数がこれを注文したぞ」

「みなさんのお口に合ってよかったです。――わたしも食べようかな……」

「ちょうど食べ終わったから持ってきてやろう。ちょっと待ってな」

ムッカーリさんが席から離れると、ミーディス様はハンカチで上品に口を拭いた。

「ノーミィ、その抱えている鍋はなんですか」

あ、そうだ。誰かに見てもらおうと思ってたんだ。

「これ、魔石鍋を作ってみました！　水が出て温かくなるんですよ！」

水のスイッチを入れると、下から水が湧いて出てくる。

「なんと、火を使わずに温められるということですか？　それはなかなか便利ですね」

「水も用意しなくてもいいんです！　これだけでお茶が飲めちゃうんですよ！　便利じゃないですか⁉」

わたし的イチオシ機能を強調すると、ミーディス様は一瞬あらぬ方向を見て困った顔をした。

そして人差し指を鍋の方へ向けた。

水がするりとなくなり、今度は何もない鍋の上あたりからとぷとぷと水がそそがれていく。

「………魔法で出せるんですね………」

わたしの開発にかけた時間はムダでしたか……。

呆然（ぼうぜん）として固まっていると、スープカップを持ってきてくれたムッカーリさんがすごい勢いで鍋を覗（のぞ）き込んだ。

「これ、水が出るのか！　すげぇ便利じゃねぇか！　誰もかれもが水を操れるわけじゃないんだ。相当便利だぞ！」

「ええと……？　水が出せる人と出せない人がいるんですか？」

「ええ、そうですよ。私は水流魔法使いなので水魔法が使えるのです」

わたし、ここで初めて人によって使える魔法が違うことを知りました。

魔人は魔法ならなんでも使えるわけではなく、遺伝だったり個性だったりでそれぞれ使える魔法が違うのだそうだ。

水流魔法とは水と風と二属性を持っている者の魔法のことらしい。二属性持ちは希少で、さらに片方が水魔法だというミーディス様は特別なお方なのだそうだ。さすが宰相になる方は才能も輝いていらっしゃる。

ミーディス様は雷を出すのに雷魔法使いではないのですねと言ったら、二人にかわいそうな子を見る目で見られましたよ。雷は水と風でできるんだぞって……。

ちなみにムッカーリさんは火魔法使いだそうだ。厨房（ちゅうぼう）の魔人さんはだいたい火魔法使いで、他の少数が水魔法使いらしい。

「火の魔法を使える人なら、温めるのもできますよね……」

「温める魔法は使えねぇぞ」

「そうなんですか？」

「水の中に火をぶちこめば温まるかもしれねぇが、加減はできねぇしな」

試してみたいというようなアヤシイ目つきで、うちの鍋を見ないでください。

そうこうしているうちに鍋の水がポコポコしてきた。

「おや、温まってきましたね。この機能はとても良いですよ、ノーミィ。執務室でお茶を飲む時に温かいまま飲めます」

「おお！　温まっているな！　俺からすると水が出るのは本当にありがてぇ。応接室に水の準備もいらなくなるな」

応接室に鍋はどうなの。ケトル型かティーポット型で作れば見映えはいいかもしれない。

「あ！　このとんこつスープ麺も、ここに入れたら熱々のまま食べられますね！」

「すげぇいいじゃねーか！　熱々シチューなんざ最高だな！」

ミーディス様が入っていたお湯を消してくれたので、とんこつスープ麺を魔石鍋に移した。コトコトと静かに熱せられて湯気の勢いは変わらないままだ。

「――熱々で美味しいです！」

カップに少しずつよそって、ハフハフと食べる。温かいって幸せだ。今ごろシグライズ様とラトゥさんは、今日も冷たい干し肉かじっているのかなと思うと切なくなった。

「野営地にお届けできればいいのに……」

「ああ、ノーミィは野営に行ったのでしたね。これでも支給する食料はずいぶんマシになったのですよ。魔王様が干し肉の種類をいろいろ取り入れさせたので。それまでは猪の干し肉のみ。味も単調な塩漬けを干したものしかありませんでしたからね」

「話を聞くだけで泣きそうです……」

たしかに、干し肉の味自体は美味しかったです。めちゃくちゃ硬かったけれど。魔王様、よい仕事でした。兵士のみなさんが喜んでいたのもわかります……。

けど、硬いパンと硬い干し肉と葡萄酒のみのあれが、向上した後の食事とは……。

お湯は作れるようになったのだから、カップ麺かインスタント麺がこの世界にあれば――……。

そういえば、ノンフライ麺って熱風で乾燥させるって聞いた。たしかドライベジタブルも同じ方法で乾燥させるんだよ。スープは水分を飛ばせば塩とかの結晶が残るんだろうな。

乾燥させるということは水分を抜くということ――。

「ミーディス様、さっきの水をなくす魔法ってこのスープ麺にもできますか？」

「どのくらいですか？　スープを少し減らすくらいですか？」

「いえ、この中の水分という水分を全部なくす勢いでとか……」

ミーディス様は真顔になり、目を細めてわたしを見た。

「……ノーミィ、あなたは時々おかしなことを言いますね。できるかできないかで言えば、できますよ。ですがそんなことをしたら、せっかくの美味しいものが食べられなくなるではないですか」

「そうだぞ、ノーミィ。きっと硬くてしょっぱい麺になるぞ」

ムッカーリさんまでそんなことを言う。

それでも引かずにお願いした。

「あの魔法をぜひこの鍋の中身にお願いします！」

ミーディス様は冷ややかな視線で鍋を見ながらも、鍋の中身に魔法をかけてくれた。

一瞬で縮む鍋の中身。

カチカチな白い麺に、スープだったはずの粉がまだらに付着し、ネギとチャーシューが縮んで張り付いている。

ミーディス様とムッカーリさんの、言わんこっちゃないという視線が痛い。

わたしは魔石鍋の水スイッチと熱スイッチを入れた。

数分後のそこには、湯気を立てるとんこつスープ麺と、驚愕の表情でそれを見る宰相閣下と料理長がいたのだった。

「――――う…………美味いっ‼　なんという美味さであろうか！」
感動に打ち震える魔王様の前には、魔石鍋とその中で湯気を上げるとんこつスープ麺がある。
魔王様は執務室に引きこもって――じゃなくてお仕事を忙しくされておられるので、食堂で人気爆発中のとんこつスープ麺を知らないのだ。
「獣臭さはあるもののほどよく和らげられ、だが物足りなさはなく奥深い味わいが麺に絡む……。なんという美味さであるか……。先ほどの変わった硬パンじみた物が、このように柔らかく熱く美味なるものになるとは。そしてあの硬い状態であれば執務室の机の中にしまっておけるな。いつでも鍋に入れれば素晴らしい味がすぐに食べられるなど、このような魔法を我は知らぬ。奇跡というものだろうか。それともまさか人の国にある無から有を生み出すと言われる錬金術……。我が国に降臨された最高細工責任者が至高の錬金術師だったと……⁉　なんたる僥倖…………‼」

お湯で戻しただけです。

相変わらず書類が山となった机で食べるのは危険と判断。応接セットの方で乾燥とんこつスープ麺を試食してもらった。

できあがったものを小鉢へよそって出したけれども、魔王様はセルフわんこそば状態。すごい速さでよそっては食べ、よそっては食べている。

でもまぁ、執務机で干し肉をかじるよりは断然いいでしょう。お腹にたまる温かいもので栄養もある。しかもちゃんと休んでもらえる。

寒いテントで干し肉をかじっていた時、執務室で干し肉を食べる魔王様を思い出したのだ。魔王様は執務室で野営をしているようだなと。

だからこれをぜひ魔王様にも使ってほしかった。

「スープが跳ねたら書類が汚れてしまいますから、食べる時はこちらで休むのがいいと思いますよ」

「――――んむ」

夢中で麺を食べる姿に、威厳は皆無。返事はあるけど、聞いていないかもしれない。

乾燥スープ麺が爆誕したあの日から、長期保存して持ち運びをするための開発が始まった。

といっても、とんこつスープ麺は食堂で出されるものとほぼ同じだ。戻す時に加熱する分だけ、麺の加熱時間を減らしたくらい。

開発時間のほとんどを加工や包装の仕方に費やした。

包装は山のあちこちに生えているムキン葉という大きな葉を使った。

昔から食料を包むのに使われている葉なのだとか。これを使うと傷みづらいという話だった。

そのムキン葉で魔力を込めて包むと、魔力がぴったり沿うことで真空パック状態にできた。

とんこつスープ麺の加工は、厨房の水魔法使いが仕事の合間に乾燥していたのだけど追いつかなくなり、魔術基板を入れた乾燥専用の鍋『乾燥加工鍋』を作った。

水魔石など属性魔石を使う細工品は、増やす・加えるは得意だけど、減らす・なくすは苦手なんだよね。

なので、魔術紋帳にあった［乾燥］の魔術紋を刻んだ魔術基板を作り、無属性魔石で動かす仕様にした。

水魔法使いに加工してもらったものとは見た感じも触った感じもちょっと違うけど、味にそう違いはなかった。もしかしたら［乾燥］の魔術紋には熱が混ざっているのかもしれない。

同じ［乾燥］の魔術紋を刻んだ魔術基板を、大きい樽にも付けた。スープに使い終わった後の骨を乾燥粉砕して、ネギの肥料にするのだ。最後まで役に立って、豚さんは素晴らしい！　ありがとう！

こうして開発された麺と魔石鍋は、野営地へと運ばれていった。

製作時間が短いプレスで作ることにして本当によかったよ。それでも数日間ずっと鍋作りっぱなしで大変だった。機械の一部になったみたいだった。がんばった甲斐あって大量生産できたから、全員に行き渡ることだろう。

野営地のみんなが温かい麺を食べて、元気に過ごしてくれるといいな。

そして山の野営地の兵士さんたちより早く、城内野営地で元気になった方がこちらに。

温かいものを体に入れたせいか、魔王様の血色がずいぶんよくなっていた。こんな健康的な魔王様は初めて見るよ。

「至福であった……」

満足そうな姿の前には、綺麗に空っぽの鍋と器が並んでいる。

「お口に合ったならよかったです」

作ったのは食堂の人たちだけど、前世の故郷の味を美味しいと言ってもらえるのはなんかうれしい。

執務室のとなりには専用のお手洗いと流しがあるので、ささっと洗ってお茶の準備をした。

魔王様は自分で片付けようとしていたけど、なんか体が動いちゃったんだよなぁ。

「すまぬな……。それにしても美味であった」

「料理長の力作なんです。焼豚用のいい豚の骨をスープにふんだんに使っているんですよ」

「ほう、料理のことはわからぬが、手がかかっておるのだな。しっかりとした食事に食後のお茶などいつぶりであろうか」

「温かい物もいいですよね」

「ふむ……何やら力が湧いてくるようだ」

「魔王様、顔色もよくなってますよ」

「最近、書類の決裁が早くなったのだ。前にそなたが言っていたな。寝ねば頭は回らぬと。このところ昼夜ランタンの闇のおかげで深く眠れるようになってな。それにあの夢炉も素晴らしいぞ。夢に出てくるナイトメアの数が多いのだ」

凶悪そうな黒馬がカッと口を開け、何頭も襲いかかってくる様子が思い浮かんだ。

喜んでもらえているのはうれしいけど、え、それ休めるの……？

困惑するハーフドワーフを気にもせず、魔人たちの長は顔の前でこぶしを握りしめている。

「そうであった！　ガルムの毛も試してみねば！　本日も居室に戻って休むのが楽しみだ！」

「ガルムですか……。それで本当に休めま――いえ、いい夢が見られるといいですね」

ガルムは出てこない方がいい夢のような気はする。

でも、うきうきそわそわしている魔王様を見ていたら、出てくるのもいいかもしれないなんて思った。

そろそろ仕事も終わりの時間。

細工室の片付けをしながら、この後はどうしようかなと考える。

昨日は食事の後で魔王様にとんこつスープ麺を献上しに行った。今日は——そうだ。掘ってきた鉱石の中に植物泥炭があったっけ。少し削っていって、部屋のお風呂の中に入れようかな。魔石鍋の開発も終わったし、お疲れさまということでちょっと贅沢するのもいいよね。

野営で掘ってきた戦利品を見ていると、静かに少しだけ開かれたドアから大きな生き物が覗いていた。

ちらっとしか見えていないが、扉の向こう側は冥界かもしれないと思うほどの暗さが渦巻いている。覗いているのはきっと冥界の王だ。もしくは顔が付いた冥界の小山。

っていうか、いつだったかも、こんなことがありませんでしたっけ……？

「あの、魔王様？　どうかしたんですか？」

なかなか入ってこないので声をかけると、この世の終わりを背負ったかのような魔王様がやっと部屋へ入ってきた。

「どうされたんですか？　もしかして、魔石鍋の調子が悪いとかですか？」

「……いや、鍋は問題ない……」

鍋、は。

ということはまさか、また——！

魔王様の後ろ手が前に回され、真っ黒焦げの夢炉が差し出された。

「あっ！（察し）」

「すまぬ……。ミーディスに――」

「だ、大丈夫です、わかります！　大丈夫ですよ！　また作ればいいだけです！」

ぷるぷると震える小山に、安心させる言葉以外は出なかった。

「すまぬ……。昨日はナイトメアとガルムの群れがこぞって押し寄せる、素晴らしい夢を見たのだ」

「えっ？　ガルムも出てきたんですか？」

思わず聞き返してしまう。

「幻視」の性質上、スイッチを入れたら見えるだろうとは思っていた。

でもまさか夢にまで出てくるとは。ガルムの方は使ってみないとわからないと言ったものの、出てくることはないだろうと思っていたよ。

冥界の番犬に夢の特性なんてないと思うから、ナイトメアの毛はいっしょに入れたものまで夢に連れていくということなのだろう。それで、もふもふ魔物同士が夢の共演を果たしてしまったと。

「そうなのだ。うれしさのあまりに夢炉を持って執務室に行き、ミーディスにその話をしたのだが、少々長く語り過ぎてしまった……」

「しょうしょうながく」

「小一刻ほどだったのだが…………」

ミーディス様！　ナイトメアとガルムの夢の共演なんて話を、小一刻も聞いてあげたんですか⁉

優し過ぎる慈悲深き宰相閣下を恨むなんて、とてもできない。

「……お仕事はちゃんとした方がいいかと思います……」

「そうだな……。うれしくてつい……」

しょぼくれる魔王様もなんとなく焦げくさい。

夢炉は魔王様がくらった電撃の巻き添えをくったのだろう。

「でも、魔王様。小一刻も話したくなるくらい、いい夢を見たんですね。よかったです。また作りますから大丈夫ですよ。せっかく二枚差しにして物理的な強化をしたんですけど役にたちませんでしたか。まさか魔法で来るなんて思わないですよね。次は魔法対策もしないといけないですね。楽しみに待っててください。──今度は三枚差しかな……フフ、フフフフフ………」

「ああノーミィよ！　我が悪かった‼　もうしない！　前と同じものでよいのだ！　だから許してくれぇぇぇぃ！」

笑い声と悲痛な叫びが響く細工室。

使い魔たちは呆れたように『ギチギチ』『クワァ』と鳴いていた。

幕間　野営地の四天王

四天王巡回が好きな四天王などいない。

魔王城には美味(おい)しい食べ物と、暖かい寝床と、麗しの宰相閣下がいらっしゃる。なのに、何が悲しくてつらく長い道のりを旅し、むさくるしい兵士たちの顔を見に行かねばならないのか。

魔王国軍四天王序列二位のラトゥ・ログ・ルベイウスは、それでもいつもよりは楽しい気持ちでスレイプニルの背に揺られていた。

国の端に位置する山間(やまあい)の小さな村に生まれたラトゥは、持ち前の豊富な魔力と魔力操作のセンスで、序列二位まで昇りつめた。

名門出身者は能力があるという前提で、最初から砦(とりで)所属や王都所属だ。野営の機会がなくなることはないが、少なくはなる。

だが、無名の田舎(いなか)の一門出身となると、確実に下っ端兵士時代を強いられる。野営地こそ我が実家という暮らしだ。

四天王になっても野営自体は国軍にいる限りなくなることはない。頻度は減るが、こうして時々、行けども行けども暗い森しか見えない中でランタン行列の一部となるわけだ。

今回の北山へ向かう巡回ルートは、途中に町がぽつりぽつりと点在しているので、砦ではなく野営地が多い。しっかりした砦があるのは、だいたい町もないようなへき地になる。

野営地ばかりとはいっても、どこもしっかりとした天幕が立っており、巡回の者たちで人数が増えても問題なく泊まれるほどの余裕がある。

だから本来であれば天幕などの用意はいらないのだが、今回は珍客がいる。

魔石責任者のアクアリーヌと、最高細工責任者のノーミィだ。

兵士でもない二人を魔王国軍の荒っぽい女性たちといっしょに泊めるのも悪いと、別に天幕を用意した。

その天幕や毛布を積んだ荷馬車の御者台に座る二人が、ランタンに照らされている。

魔人の中では小柄なアクアリーヌとさらに小さいノーミィ。人形が座っているみたいだとラトゥは思った。

アクアリーヌは若くして魔石責任者の肩書を持つ文官である。母親は魔王国屈指の大商会の会頭。本人も稀(まれ)な魔石鑑定の能力を持ち、前最高細工責任者に見出(みいだ)されて今の地位に就いた。

そしてノーミィの方は、ある日シグライズが拾ってきたハーフドワーフだ。大きさとやっている仕事はたしかにドワーフなのだが、ドワーフらしくなくひょろりと細くて物腰は柔らかい。だが仕事は早いし腕はたしかだった。

今回は、魔石を掘りたいらしいノーミィに、ラトゥが四天王巡回へ同行しないかと誘ったのだ。

希少で大事な細工師に護衛を付けず山へ出すわけにはいかない。巡回への同行という形で魔王国軍の四天王二人といっしょなら安心だろう。

四天王巡回がいつも同じ顔触れで飽きているので、ちょっと変化が欲しかったのもある。

実際、二人がいる光景を見るだけで、なんだか楽しい気分になった。

野営地に着いても、天幕を二人で建てようとして失敗し大騒ぎしていた。

見慣れぬ小さい生き物を遠巻きに見ていた兵士たちも、シグライズが新しい最高細工責任者だと紹介すると、納得したように天幕を建てるのを手伝い始めいつもより楽しそうだった。

二人に夜食を配りに行くと、なんとも言えない顔で干し肉を見ていた。

砦であれば料理人がいるのだが、あいにくここは野営地。水は魔法で出し、干し肉と堅パンと葡萄酒（ぶどうしゅ）が配給されるだけなのだ。

ノーミィが「たき火を使って食事を作ったりとかは……」と聞いてきたが、しないと答えた。

魔人たちは自分の仕事ではないことは、他の者の仕事だとして手を出さない。無関心なわけではなく、分をわきまえてのことだ。その道のプロに任せる方が確実だからだ。

兵士である自分たちが料理を作るなど、思ってもみないことだった。

——もしかして、料理人も野営に参加してもらえばいいってことっすかね？

いい案のような気もしたが、野営地には厨房（ちゅうぼう）がない。厨房がなければ料理は作れない。だから今までも野営で料理が作られることがなかったのだろう。

ラトゥは元戦友たちと夜食をとった。あぐらで干し肉を噛みちぎり、葡萄酒を飲む。冷たく硬い、野営地のいつもの食事風景である。

となりでは元上官で現部下の男が干し肉をかじっていた。

「ラトゥ様、やっぱり配給されたばかりの新鮮な干し肉はウマいですな！　しかもこの新しい味付け！　ピリリと辛みがあり、干し肉と干し肉の間の味の変化にもってこいですぞ！　こちらは噛み応えが一段と増して、素晴らしい。四天王巡回は楽しいですな！」

魔王国軍では序列こそ全て。相手が年下で元部下であっても序列が上の者なら普通に敬語となる。言葉遣いが変わっても、以前と変わらず親しくしてくれる仲間たちが喜んでいるのはうれしい。

四天王が来る時は、ちょっといい干し肉が配給され葡萄酒の量が増えたりもする。だから兵士たちは四天王巡回を楽しみにしているのだ。

ラトゥも一兵士だった時はそう思っていたはずなのに、自分が四天王の一員となり贅沢に慣れた今ではつらくて仕方がない。

干し肉は干し肉だ。冷たく硬い。肉の種類が増えて、いろんな味があったところで、ステーキにはならないのだ。

干し肉を口にしながら、ラトゥの気持ちは魔王城の食堂に飛んでいるが、周りの者は気付くわけもなく話を続けた。

「ラトゥ様、あの小さき者は先代の最高細工責任者とはずいぶん違いますな」

前最高細工責任者は、ラトゥの幹部入りからしばらくして亡くなった。そんなに知っているわけではなかったが、ノーミィとずいぶん違うというのはわかる。

元先輩で現部下の言葉に、ラトゥは真面目な顔で返した。

「先代様は爺様でしたっすからね」

「なるほど！　若い時は先代もあのような姿だったということですな⁉　ドワーフというのはなんとも不思議な種族ですな！　あの娘もそのうちああなるなど……」

——ならないっす。

この間の魔石取引の場で見たドワーフたちの姿こそ、若いころの先代の姿だろう。

背は低いがムキムキとした立派な筋肉を持ち、髪とヒゲの存在感がすごい。見た目も話す言葉も頑固そうなドワーフらしいドワーフだった。

ノーミィと同じところといえば先が垂れ下がった帽子だけ。

逆立ちしてもノーミィにはならないと思われる。

みなドワーフをほとんど見たことがないので、そんな誤解も仕方がないことだった。

つらい食事でもがんばって四天王巡回しているのだ。このくらいのいたずらは許されるはずである。

ラトゥは特に誤解も解かず、笑いをこらえた口元をピクピクさせた。

次の日、アクアリーヌとノーミィは魔王城へ帰っていった。

「ずるいっす！」

思わず本音を言ってしまった。軍に属するラトゥがそう言ってしまうくらいなのだ。軍務となんの関係もなく鍛えてもいないあの二人には相当つらかったに違いない。

それでも言いたい。

「オレっちだって、ミーディス様ととんこつスープ麺が食べたいっす！」

「言うなラトゥ。思い出してつらくなるだけだ」

「熱くてとろーりとして塩味の中に甘みもあり、ふんわり懐かしいような気持ちにもなる超ウマスープ。それがよーく絡んでいる麺が、喉をつるつると通って次から次へと入ってしまうっすよ。酒の後に飲んでもこれがまたほっとするっす……」

「ぐわぁぁぁ！　思い出させるな！　ワシだって食いたい‼」

荒々しく見える外見とは逆に理性的で温厚なシグライズが叫ぶほどの食べ物。あれは魔人の正気を奪う物だ。

食べ物こそ城を思い出してはつらくなっていたが、昼夜ランタンのおかげで天幕での就寝は格段に快適になった。

天幕がいくら立派な作りとはいえ、かかっているのは布だ。いくら重ねても真っ暗にはできないし、重ねるのにも限界があった。

「このランタンの暗闇はいいですなぁ……」

暗闇の中で聞こえたつぶやきに、ラトゥはくるまった毛布の中から答えた。

「いくつか置いていくっすよ」

「おお！　それは助かります！」

補給の荷馬車によって先に配られていた闇岩石ランタンは、どんなに明るい場所でも暗くなり兵士たちに大変喜ばれている。ただ全ての天幕分はなく、今は交代で使っているらしい。

できることなら野営地全ての天幕に置いてやりたいところだが、使われている素材が希少でもう全部使ってしまったのだとノーミィが言っていた。その素材を探しに四天王巡回に参加していたが、どうだったのだろう。

ただ成果がどうであれ、あの働き者の最高細工責任者に任せておけば大丈夫だという気がした。そう遠くない未来、全部の天幕に配られるのは間違いない。

ラトゥはずるいと言って悪かったかなとちょっとだけ思ったが、すぐに眠りについてしまった。


そして珍客の二人が帰ってから一週間後のことだった。

北山に向けて先に進んでいた四天王巡回の一行のもとに、魔王城から荷物が届けられた。

箱には深さの違う二つが一組になった鍋(なべ)が人数分と、ムキン葉に包まれた何かが大量に入っている。

「また嬢ちゃんが何か作ったんだな」

シグライズの声がはずんでいる。

ラトゥもわくわくとしながら手紙を読んだ。

手紙というか、それは説明書であった。

魔石がセットされた浅い鍋の上に深い鍋を置き、ムキン葉を開いて中のものを鍋に入れるらしい。

鍋を置いてムキン葉を開くと、いい香りがするカチカチの物体が出てきた。

「ウマそうな匂いっす……」

「どうやら食べ物みたいだなぁ？　ラトゥ、その先を早くやってくれ」

急かされてカチカチを鍋に入れた。

水と書かれた青いスイッチを入れると、下から水がじわじわと出てくる。説明にあった通り、鍋の八分目のところでスイッチを切った。

今度は熱と書かれた赤いスイッチを入れてしばらくたつと鍋の中はぶくぶくと泡を出した。記憶にあるいい香りが漂い出し、段々と知っている物体へと変わっていく。焼豚がふっくらしたころにスイッチを切ると書いてあり、それから少し待つとできあがりなこれは――――。

「なぜここに、とんこつスープ麺が‼」

「いやいや、シグライズ様。オレっちが今、鍋に入れてスイッチを入れたじゃないっすか――って、オレっちがこれを生み出したってことっすか⁉」

ちょっとした騒ぎになったが、とんこつスープ麺の実物を知っているシグライズとラトゥがフォークを手にするのは早かった。

「鍋を直接触ってはダメだって書いてあるっす。同梱の大きいスプーンとフォークでカップによそって食べろって指示があるっすよ」

「ほう、そうか。わかった」

「ってーか、シズライズ様は自分で作ってくださいっす！　これはオレっちのものっす！」

「く……」

ラトゥが作っているのを見ていた他の魔人たちも、次々に鍋を手に取り作り始めた。

「おおお！　ラトゥ様、アタシにもできましたよ！　料理なんて絶対に無理だと思ってたのに！」

この魔法の鍋、すごいですよ！」

「早く食べた方がいいっす。麺だからのびちゃうっす」

「うぉぉぉ！　ワシも作るぞ！」

「ラトゥ様！　おいらにもできやした！　すっごウマいですや！」

「ラトゥ！　水がどのくらいだ!?　これくらいでいいか!?」

「水は八分目っすよ。シグライズ様、それ五分目も入ってないじゃないっすか」

案外、いや、見た目通りシグライズは不器用だった。

それを横目に見つつ、夢にまで見たとんこつスープ麺を味わう。

ズルズルと食べると、魔王城の味がした。食堂で食べるものと遜色ない。あの魅惑のスープのまんまだし、麺はツルツルのシコシコモチモチ。なんとネギとチャーシューまでのっている。

ノーミィが野営から帰ってこれを開発してくれたのだろう。ずるいと言ったのをほんの少しだけ後悔した。

だが、美味しさとうれしさですぐに忘れた。

温かいって素晴らしい。

北山に近づくにつれ徐々に寒くなる野営で、食べものが温かいってだけで力が湧いてくるようだ。

汁一滴も残さず食べ終わり余韻にひたっていたところに、緊迫した声が届いた。

「伝令！　伝令！　見回り二班から、南よりロックバード飛来報告あり！」

「ほお、ロックバードとはなかなかの大物だなぁ。腹ごなしにちょうどいい」

怪鳥ロックバードは、大きい魔月熊をくわえて巣穴に持ち帰るほど巨体の恐ろしい魔物である。

飛来報告があった場合、そこに駐留している兵士たち全員で戦闘にあたることとされている。

「オレっちとしては余韻を邪魔されて腹立たしいっすけど」

「とんこつスープ麺の礼に、丸ごと城に届けてやろう」

「それはいいっすね！　ちゃちゃっとやるっすか！」

美味しいものを食べ温まった面々が、活力みなぎる足取りで戦場へ向かった。拓けた場所の手前で隠れて待機する。

ここは元々明かりに集まってくる魔物や魔獣を誘い込むための場所で、周囲には光キノコ入りのビンがあちこちの木に吊るされているのだ。

本日、月明かり有。運がいい。

上空から近づいてくる大きな影を、目が捉えた。

シグライズですら丸飲みできそうなくちばしを開け、羽を広げた白い巨体が下降してくる。

「初撃！　礫矢、撃てぃ!!」

「ヤー!!」

シグライズの号令に、土魔法を使える者たちが一斉に魔法を放った。

ラトゥも引き絞った魔力を翼に向けて瞬時に射かけた。いつもよりも魔力反応が早く次々に連射ができる。

ロックバードが発する音波のような鳴き声が辺りに響く。

「追撃！　波刃、撃てぃ!!」

「ヤー!!」

次々と襲いかかる魔法の刃がロックバードの羽根を散らし、飛行に集中できなくなっているところに、シグライズの放った手斧が羽の付け根に刺さった。

有翼族が一斉に飛び立ち刃を突き立て。

たまらず落ちてきたロックバードの肩をラトゥの長槍が貫き、跳躍したシグライズが大斧を薙いだ。首が空へ飛んで落ちた。

怪鳥を相手にあっという間の戦闘だった。

「なんだ？　やつは弱いロックバードだったか？　やたら楽だったぞ」

「いつもより魔力の動きがよかったっす。体も軽いっす」

いつもと違うことといえば、とんこつスープ麺を食べたこと。

美味しくて温かいものを食べるというのは、思っていた以上に力になるらしい。そもそも、干し肉と堅パンだけという食事では、本来の力を発揮できないということだ。

食というのは大きく体に影響するのだと、ラトゥは初めて実感した。

「血抜きして、城に戻る馬車に載せるっすよ！　ウマいものを送ってもらった礼っす。急いで丁寧に処理するっす！」

「ヤー‼」

今日一で大きな返事が辺りに響いた。


後日、鳥パイタンスープなるものが魔王城で開発された。

そしてカチカチの鳥パイタンスープ麺が野営地へ送り込まれ、兵士たちの活力となり、ラトゥは四天王巡回を少しだけ嫌いではなくなったのだった。

幕間　宰相閣下の艶(つや)の秘密

「ミーディス様、なんか髪にすっごく艶があるんですけど。もしかしてウチが巡回でいない間に香油変えてません～？」

「特に変えていませんよ。ベルリナ」

執務室で机に向かっていた魔王国宰相ミーディス・ウェタ・ヴェズラン・ゴールディアは、視線を書類から離さず、うしろからかけられた声にそう答えた。

すると若い女の魔人が、上空からにょっと逆さになってミーディスの前に顔を出した。短めの赤髪が下に垂れ下がっている。

「え～？　お肌もつやっつやなんですけど～⁉　まさか、ウチがいない間に夫を作ったとか‼」

「ベルリナ、執務室では飛んではなりません。翼は閉じなさい」

「はぁい」

一人で大騒ぎしたあげく、ご機嫌でミーディスの髪のブラッシングを再開したベルリナ・ファイ・フェザは、魔王国軍序列三位の四天王の一角である。

毎月行われている四天王巡回で、四天王全員が王都からいなくなることはなく、順番で一人か二人が巡回へ行くことになっているのだ。

ベルリナが戻ってきて、次の月にシグライズたちが出ていったところである。

何かというと執務室にやってきて「肩でもお揉みするっす」と言ってうしろに張り付いているラトゥがいなくなったと思えば、ベルリナがやってくる。時々、二人ともやってきて、ミーディスのうしろでいがみあっている。

騒がしい以外は特に害もないので、そのままにしているのだが――。

「やっぱり怪しいんですけど～。ミーディス様、本当に恋人とか作ってないです？　まさか、す、好きな人ができたとか⁉」

害はあるかもしれない。となりの机で執務しているはずの魔王アトルブの手が止まっている。目は書類の方を向き興味ありませんという顔をしながら、興味津々聞き耳をたてているようだ。

「――あの者のおかげで、肌艶がいいのかもしれません」

アトルブが好奇心を隠しきれていない顔をパッと向けた。やはり話を聞いていた。

「魔王様、ちゃんとお読みください。他のことを考えながら読める書類はございませんよ」

「す、すまぬ……」

「え――⁉　ミーディス様、それ誰ですか⁉　ウチの知らない間にミーディス様がたぶらかされてるんですけど‼　魔王様、なんでちゃんと見張っていてくれないんです⁉」

「す、すまぬ……」

ミーディスは椅子から立ち上がった。

ベルリナがいるとアトルブの仕事がこれ以上進まないと判断して、少し早いが夜食に向かうことにした。

「ベルリナ、食堂に行きますよ。紹介してあげましょう」

「嫌ですと言いたいところですけど、ウチはミーディス様の幸せを願えるいい子ですから！」

「わけのわからないことを言っていないで行きますよ」

騒がしい四天王の一角を連れ、ミーディスは食堂へと向かった。


まだ人影もまばらな食堂。

料理長のムッカーリが厨房(ちゅうぼう)の中から手を振った。

「宰相閣下！　よき夜でございます！　ベルリナもな！　巡回から帰ってたんだな」

「ちょっと前に帰ってたんだけど、巡回後の休暇で実家に行ってたの」

「そうか。親も喜んだんじゃないか？　こっちはその間にウマいもんができたんだぜ！」

「そうですね、おすすめはとんこつスープ麺(めん)ですよ」

ムッカーリとミーディスのすすめで、ベルリナもとんこつスープ麺を頼んだ。

基本的に自分で取りに行くセルフサービスなのだが、ムッカーリがミーディスにトレイを持たせることはない。料理長だというのに大きいスープボウル二つをトレイに載せ、テーブルへと運んで厨房へ戻っていった。

「これを食べると肌にいいと聞いて、毎日食べているのですよ」

「ええ？　そうなんです？　これを食べるだけなんて、信じられないんですけど。いや、でも、たしかにミーディス様のお肌はつやつやだし……」

ベルリナに言われるまでもなく、ミーディス自身が自分の肌の変化に驚いている。

実はここ数年、肌のかさつきが気になっていたのだ。シワがはっきりとできたということはない（と思う）けれども、なんとなくあやしい部位もあり、たとえば眉間とか目尻とかのあたりの弾力が気になっていた。

気のせい、疲れのせいと自分をごまかして、私だって年を取るのだと受け入れつつあった。

それが、この最近の肌はどうだ。

見た目の艶もだが、張りが違うのだ。もっちりとしてプリッと。

肌だけではない。体力も戻っている。

ウン年前、序列二位まで登りつめた魔王国闘技大会の時くらい体が動く（ような気がする）。

いや、体力だけでもなく、魔力も――。

「ウマ⁉　なんです、これ⁉　見たことない白いスープがすっごくウマいんですけど⁉」

スプーンでスープを一口飲んで驚く部下に、ミーディスはそうでしょう、そうでしょうと心の中で返した。食べるのに忙しいので言葉には出さなかったが。

「――ミーディス様、ご一緒してもいいですか？」

「ええ、どうぞ。ノーミィ」

礼儀正しく声をかけてきたノーミィに、ミーディスは微笑を浮かべた。

それに引きかえ、うちの部下ときたら持っていたスープボウルをどんと置いて叫んだものだ。

「妖精⁉　綺麗なブラウニーがいるんですけど⁉」

「新しい言われ方です！」

「ベルリナ、あなたは少し落ち着きなさい。この者は新しい最高細工責任者殿ですよ。騒がしくて悪いですね、ノーミィ。この者は魔王軍序列三位のベルリナ・ファイ・フェザです」

「こんな可愛い方が四天王様なんですか？　わたしはドワーフの国から来たノーミィ・ラスメード・ドヴェールグといいます。よろしくお願いします」

「可愛い生き物に可愛いと言われたんだけど⁉」

「ベルリナ、この者がこのスープの発案者ですよ」

「えっ！　この子が艶の伝道師⁉」

「つやのでんどうし」

「だって、しばらくぶりにお会いしたミーディス様が、以前に増して光り輝いて、艶があるんだもの。このスープ麺のおかげだって聞いたから、艶の伝道師でしょ？」

「とんこつスープは、たしかにお肌にいいって言われてます。でも、ミーディス様の場合、ちゃんと休憩をとるようになったせいもあると思うんですよ。睡眠時間もお肌には大事ですし」

ミーディスは、それもノーミィに言われて気を付けるようになった。

執務に充てる時間が短くなっても、しっかりと寝る方が仕事ははかどった。結果、仕事の時間は短くなるという好循環。

すると、仕事後の朝食も好きなものを食べに行けた。時々はシグライズと昔馴染み（むかしなじみ）の店で飲めるくらいの時間の余裕ができたのだ。

それは気持ちの余裕も生んだ。

最近は雷を落とすことも（ほとんど）なくなった。

「――あと、あの元気薬でしたっけ？　あれもよくないと思うんですよね」

「え。元気薬ってよくないの？」

「あれは多分、元気の前借りです。体に残しておかないとならない力を使ってしまっているんだと思うんですよね。後で疲れがどっと来ませんか？　それでまた飲んでしまうみたいな」

「そうかも……」

「それを続けているうちに、前借りできる元気もなくなり、全く効かなくなって寿命を縮めてしまうんですよ……」

「そ、そうだったのですか⁉」

「ひぃぃ！　艶の伝道師どころか、命の恩人なんだけど！」

思わず声を上げたミーディスとベルリナに、ノーミィは「命の恩人だなんておおげさですよー」とのんきに笑った。

ミーディスは元気薬があまりよくないと聞いてから、飲むのをやめていたのだ。知らずにあのまま飲んでいたらと想像すると、背中を冷気が走った。

あやうく冥界(めいかい)一直線になるところを助けてもらったのだ。おおげさなどではない。

ノーミィが来てから魔王城は変わった。

ランタンの問題は解決し、ドワーフたちにむしられていた経費の圧迫がなくなった。

しかも無属性魔石を使う暁石(あかつきいし)ランタンが導入されたので、前最高細工責任者がいた時以上に国庫に優しいのだ。

昼夜ランタンという明るくも暗くもできるランタンをミーディスももらったが、その暗闇に包まれるとぐっすり眠れた。もう手放せない。

報告では厨房にもこまめに顔を出してカトラリーや調理器具の修理もしているらしい。その流れで美味な料理まで伝え、魔王国軍の戦闘糧食まで開発してしまった。

そして最近は、ミーディスだけでなく魔王までもが健康的になり、書類を処理する速度が上がったのだ。

本当にドワーフの知恵というのはすごいものである。

しかし……とミーディスは思う。

前最高細工責任者からはそういうことを聞いた記憶がないのだ。知っていても言う機会がなかったということなのだろうか。それとも、男のドワーフはあまり知らない情報なのだろうか。もしくは、最近の新しい知恵なのか。もしくは――。

ベルリナの声で、ミーディスは思考を中断した。

「ミーディス様、この子やっぱり住む家に幸せをくれる妖精なんですけど！　魔王城のブラウニーちゃんです！　制服なんて渡しちゃだめですよ。出ていっちゃいます！」

「ブラウニーじゃないので、追い出されない限り出ていきませんよ……？」

ベルリナの気の抜けるような主張に、ブラウニー疑惑のハーフドワーフは困った顔で首をかしげていたのであった。

第三章　魔王城でさっぱり綺麗になります！

自室の作業机には黒焦げた夢炉が載っている。

ミーディス様が下した雷撃に巻き込まれたと、焦げくさい魔王様が言っていた。

見事に外も中も真っ黒で、修理がどうこうというレベルではない。

匂いが嫌だったのか得体の知れない物体に恐れをなしたのか、一旦（いったん）は姿を見せたクラウもどこかへ行ってしまった。

ここまでダメになっていると、いっそすっぱりと諦（あきら）めもつくというものだよ。

「よし、新しく作ろう」

気合いを入れて鍛金を始める。またコンコンと地道に叩（たた）いていき、金色の本体と蓋（ふた）を作った。

今回の蓋は花と蔓草（つるくさ）の透かしである。和風になって仏具感が増したけど、雅（みやび）な感じで不思議と魔王様に合うような気がする。

さて、あとは中に入れる魔術基板だ。

前回の夢炉には元々使っていた［幻視］と、新たに増やした［物理守護］の魔術基板を入れていた。

次に対策すべきは、雷撃というか魔法攻撃か。

常時発動で物理攻撃を防御するのが［物理守護］だとしたら、魔法を防御するのは魔法守護でしょう！　たしかそんな感じの魔術紋があったような気がする。

勢いで魔術紋帳をめくっていくと［対魔守護］と書かれたページを見つけた。［物理守護］と同じく使用例・護符と書かれている。守護系のものは他にも［精神守護］というのもあった。

［物理守護］の効果がわからないうちにもう一枚作るのもどうかと思うんだけど――ま、いいか。この夢炉は失敗したところで魔王様が悪夢を見られなくなるだけだもの。載せちゃえ、載せちゃえ。

わたしはちょっとだけ残っていた迷いを山に投げ捨てた。

紙と羽根ペンでしっかりと練習をしてから、基板に描き込んでいく。

「うわ、魔力が……」

描き上げると魔術紋は強く光り、魔力を奪っていった。自分の魔力の残量は見えないしわからないけど、そうそう何枚も描けない気がする。

そして込められた魔力はどのくらいの期間持つんだろう？

魔王様にフィードバックをお願いしておこうかと思ったけど、使えなくなったら持ち込まれるだろうからそのうち判明することでしょう。

他の二枚の魔術紋も刻んでいく。［幻視］、そして［物理守護］。

二枚目の守護の魔術紋を描き上げると、疲労感が肩のあたりにのしかかった。今までこんなに魔力を使ったことはなかった。それでもまだ一枚は描けそう……かな。

魔石がいらない守護系の魔術基板二枚は、一番下に取り付ける。その上に［幻視］の魔術基板、そして化粧板と魔石留めとタイマー式スイッチを配置して動力線で繋いで。

「よし。完成！」

［幻視］、［物理守護］、［対魔守護］の三枚を載せた最強の夢炉ができあがった。

夢を見るのはもちろん、物理攻撃にも（多分）強く魔法攻撃も防ぐ（はず）スペシャルでスーパーな魔導細工だ。

炉の模様も気品があり魔王様に献上するにふさわしい。――いや、これに夜空のような青をまとわせたらどうだろう。

せっかくの素晴らしい出来ばえだもの。外側だって最高級に仕上げてみようではないですか！

金の縁に深い青のボディ。透かし模様の地の部分にも青を載せて……。

ちょうど遠征で採掘した時に出た藍色の天覧石がある。黄鉄鉱の金色の粒を少し含んでいて、きらきらとした夜空のような石。切り出してカットした後の端材が残っているから、細かく粉にして貼ってみようかな。これまではペンダントトップなどの小さい小物で試したことしかなくて、こんなそこそこ大きい物にするのは初めてなんだけど。でもきっと綺麗だと思うんだ。

ゆるめのニカワを真鍮に塗り広げ、天覧石の粉をまぶしていく。少しずつ少しずつ青を載せて覆っていった。その上から魔力コーティングをしっかりとする。

「今度こそ、夢炉改良二号できた！」

完成した夢炉は、艶やかな質感の夜空色に輝いていた。

元々の雅さも気品も損なうことなく、いや、全部金色だった時よりも上回っているよ！

完璧。素晴らしい。自画自賛も仕方なし！

テスト用のカモミールの花を中に入れスイッチを入れると、ボヤボヤ～とカモミールの花が浮かび上がってきた。

大丈夫、問題なく動く！　一瞬でスイッチを切った。カモミールの花が怖いからね……。

さぁ、やれることは最大限やった。

シグライズ様のぶっとい足でも、ミーディス様の恐ろしい雷撃でも、どんと来いだよ！

備品室のランタンのチェックをしてから執務室に行こうと思っていたら、使い魔カラスが封筒を届けにきた。

中の手紙はミーディス様からの呼び出しだった。

「え、なんだろう……。カラス、なんか聞いてる？」

『クワァ』

『ギチギチ』

まぁ、カラスが答えたところでわからないんだけど。

というか、わたし、なんかしたっけ？　心当たりはないけど、ちょっと怖い……。

元々、朝一のチェックが終わったら行くつもりだったので、頭に乗ったクラウといっしょに先導するカラスを追った。

ちょっとだけびくびくしながら入室して夢炉を取り出すと、顔を上げた魔王様の顔は輝き、ミーディス様はバツが悪そうに目を逸らした。

「——ノーミィの魔導細工を巻き添えにして申し訳なかったですね……。魔王様が全て悪いので、なんでも魔王様に申し付けるんですよ？」

お仕事もしないで夢の話を一刻もしていた魔王様が悪いです。

相変わらず書類に埋もれた魔王様も、大変申し訳なさそうにしている。

「ノーミィよ、もう直ったのか？」

「直ったというか……はい。持ってきました」

夢炉を床の真ん中に置く。

「ミーディス様、これにピカッとしてもらえますか？」

「なぜです。昨夜のようにまた真っ黒になってしまいますよ？」

「ちょっと強くしてきましたので、ぜひ」

わたしがそこから離れると、ミーディス様は仕方がないという様子で人差し指を振った。

稲光が走り電撃が夢炉に落ちた。

「ひっ！」

『ギュギュッ！』

思わずクラウといっしょに飛び上がった。

けど、夢炉は青と金のままだ。なんともなってないように見える！

グローブをはめて手にとり、中まで確認する。

「無事です！」

「なんと‼」

「そうなのですか⁉　昨夜は真っ黒でしたよ⁉」

［対魔守護］効いてる！　すごい！　ミーディス様の電撃に勝ったよ！

魔王国ナンバー2である宰相閣下の攻撃に勝ったということは、魔王国で最強の炉！　うちの夢炉が国一番！

その場でこぶしを振り上げたかったけどグッとこらえ、夢炉を魔王様の机の上に置いた。

「魔王様どうぞお納めください」

「こんなに早く、しかもミーディスの雷撃にも無傷な細工品を作るなど、我が国の最高細工責任者は天才なのではないか。しかもこの青の美しさはどういうことであろう……。金の細工品に色が塗ってあるのは初めて見る。夜の空のようであるな。やはりノーミィも作り上げた細工品といっしょに国宝にして魔王城最上階にしまっておくべきではないだろうか。護衛もなしにその辺を歩かせておくなど、我の心臓に悪過ぎる。ミーディス、護衛を軍の方から二十人ほどつかせるように手配したらどうだろうか」

護衛なんていらないです！　しかも最上階って牢だったりしません⁉

天才とおだてながら、やっぱり閉じ込めて働かせるんですね！

嫌なことも起こらないから最近は安心して油断してたけど、ここは魔王城。

独特の感性にわかりあえそうもない魔王様が率いる魔人たちが住む城だった！

「ノーミィが天才だというのに異論はありませんが、最上階は魔王様の居室ではないですか。そこに住まわせてどうしようというのです。第一、魔王様こそ帰るのが億劫で部屋に戻ってないのでしょう？　この小さきノーミィがあの高いところまで毎日上り下りしていたら倒れてしまいますよ」

「最近は時々部屋で寝ているのだ。我が抱えて連れていってもよい」

――牢じゃなくて、魔王様のお部屋だったよ！

魔王様が部屋でちゃんと休んでくれるならまぁいいか……って、ない！　ないよ！　そんな不自由な暮らしは困る！

「わたしは先代様が改装した今の部屋から出ません！　ハーフドワーフでもドワーフ向けの部屋じゃないと住めないです！　護衛も結構ですから！」

「ええ、そんなところに閉じ込めたりしませんよ。――そうそう、呼び出したのは頼みたいことがあったのです。たしかノーミィは罠も作れると言っていましたね」

「はい。罠も作れます」

「金属ではない罠でも？」

トリモチ系のべたべたする罠かな？

「お役に立てるかどうかはわかりませんが、そこそこわかります」

「では、一度見てもらいましょう。シグライズが魔王城外周の罠が上手く作動していないから、ノーミィに見てほしいと言っているのです。本来であれば設備部が確認するのですが、部長や幹部たちが魔王城全体の保守点検作業に出ていましてね」

「設備部の……そういえばお会いしたことないです」

「ノーミィが魔王城に来る前に出発しましたからね。二か月ほどかかるのでもうそろそろ帰ってくると思いますよ」

「保守点検に二か月⁉」

ええ⁉　そんなに罠が⁉　どこで何から守っているの⁉

「ええ。城は広いですからね」

にっこりとミーディス様がお笑いになりました。

魔王城、わたしが知っている場所だけじゃないんだ……。怖っ。聞かなかったことにしよう……。

わたしはカクカクとうなずいて、指定された兵舎へ向かうことを了承した。

「ブラウニーちゃん！」

「嬢ちゃん。久しぶりだな」

兵舎入り口の詰め所へ出向くと、ベルリナ様とシグライズ様の二人が待っていた。

「シグライズ様、お久しぶりです！　ベルリナ様、ブラウニーじゃなくてノーミィです」

「じゃぁノーミィちゃん。ウチのこともベルリナちゃんでいいんだけど」

「……ベルリナさんでもいいですか？」

「ブラウニーっぽくて可愛いから許す」

ブラウニーっぽい……。よくわからないよ！

「シグライズ様、戻ってきてたんですね。お疲れさまです。ラトゥさんもいっしょですか？」

「ラトゥは四天王巡回の最後の砦まで行ってから戻ってくるぞ。ワシは魔王軍四天王序列一位だからな、あまり王都から遠くへは行かない。王都付近の町や野営地を回る賑やかしってやつだ。——おお、そうだ。嬢ちゃんの鍋、あれよかったぞ。山で食うとんこつスープ麺が本当に美味くてなぁ」

「山は寒くてつらいですもんね……。喜んでもらえてよかったです」

「野営の兵士たちも楽になったと思うぞ。ありがとよ！」

こう喜んでもらえると、作ってよかったなと思う。細工師冥利に尽きる。

「ところで罠の方は、どちらに？」

「ワシが案内する。少し歩くぞ」

「ウチも行きたいんだけど、今晩は兵士の訓練を見てあげることになってるの。ノーミィちゃん、夜食か朝食いっしょにどう？」

「ぜひ！　罠の方がどのくらいかかるかわからないので、朝食でいいですか」

「いいよ！　また後でね」

ベルリナさんは手を振って兵舎の外へ去っていった。

わたしたちもベルリナさんとは別の方へ歩き出す。庭はところどころランタンが灯っており、暗いところで生きる者たちには手持ちランタンなしでも歩けるほどの明るさを保っていた。

シグライズ様の四天王巡回の話などを聞きながら歩いていくと、城壁へたどり着いた。

大きなブロックを積んで作られた背の高い塀がずっと続いている。そのうちの一部の壁の前に兵士が二人立っていた。

そこには穴があった。

二人並んで通れるほどの壁の穴で、兵士さんたちはシグライズ様に敬礼をして護っていた場所から少しよけた。

「その先に罠がある」

城壁の外を指差され、恐る恐る離れたところから見た。

マンホールのふたのような丸いものが埋まっている。

その円の中に描かれているのは、見たことがあるような模様だった。

「魔術紋……！」

「嬢ちゃんの描く模様と似ているような気がしてな」

シグライズ様の言葉通りで、どの魔術紋とははっきり言えないけど魔術紋帳にある模様に似ている。

「これ！　誰が作ったんですか⁉」

「わからん」

シグライズ様の話によると、この罠は宝物庫にあったものを先代の魔王様が設置したものらしい。

ここ最近、動作がおかしいと報告が上がっていたとのことだった。

近くに寄ってよく見ると、土器のような材質だ。粘土で作って焼いたものかもしれない。

すぐに不具合の原因はわかった。

「そのひびが原因だと思うんですけど……」

「まぁそうだろうなぁ」

わたしはランタンを出して明かりを点け、魔術紋帳をめくった。

『浄化』と書かれた魔術紋に似ているけれども、もっと複雑だ。

「――――ちょっとわたしにはなんの魔術紋かわからなくて……。模様を写していってもいいですか？」

「おう、もちろんいいぞ。ここが直らないと、ワイルドボアスケルトンだのウルフゾンビだのが入り込んで面倒だからな」

「それアンデッドですよね⁉　ここの罠ってそんな感じなんですか⁉」

「あー、そうなんだわ。向こうの山にリッチのじっちゃんが住んでてな」

リッチなじっちゃんだったらよかった！　リッチってアンデッドの中でも高位だよ！　怖っ！

「それが攻めてくるんですね⁉」

「いや、はぐれたのが迷い込んでくるだけだぞ。死霊軍とは共闘関係にあるからな。ただ町なんかに入られると困るから、この場所を囮にしつつ罠で仕留めている」

魔王城は断崖絶壁の上に立っており、そこからさらに高い地域へと広がる魔王国の南端に位置している。城壁は国の守りの壁の一部でもあるとシグライズ様は説明してくれた。

そしてリッチのじっちゃんも魔王国の近くの山中に居を構えていると。そちら側の城壁に、罠と囮としての壁の穴があるということだった。

獣を獲る罠かと思っていたら全然違った。

けど、この模様を再現できれば解決しそう。すぐできそうな気がするよ。

模様をしっかりと写し取って建物の中に戻るころには、夜食の時間は過ぎてしまっていた。

ベルリナさんとの約束を、仕事後の朝食にしておいてよかったよ。

外で使う罠なら、劣化に強い材質がいい。どんな素材でも魔力コーティングはするんだけど、どうしても時間の経過とともに薄くなる。定期的に魔力を込めてもらうにしても、念には念を入れたい。

だから本当は腐食が進みにくい銅とかで作りたいところだけれども……。

魔力は金属を嫌う。唯一の例外が魔銀（ミスリル）。だから、基板は魔銀製なのだ。高価だしすぐ腐食してしまうので、あんな屋外で使うのが気になるけど仕方がないな。魔力コーティングを念入りにやろう。

作業室に戻ったわたしは魔銀板を取り出し、先ほど見た罠と同じくらいの大きさに切った。

マンホールほどって結構な大きさだよ。魔術紋を描くのに失敗しても溶かしてまた使えるけど、手間はかかるしできれば失敗したくないな。

それから羽根ペンで紙に模様を描く。これまで描いてきたものより複雑なので、念入りに練習をする。

しっかりと準備してから、写してきた魔術紋らしき模様をチスタガネで刻んでいった。

円を閉じればできあがりと思ったのに——いつもの魔術紋完成の光が現れない。

これと同じものを描くだけで簡単に解決すると驕（おご）っていたハーフドワーフはどこの誰。

試練が与えられたということ？　それとも、これ、魔術紋じゃないのかな。

どれだけ見比べても同じ模様。

そして何回描き直しても、魔術紋はまったく完成しなかった。

上手くいかなかった罠のことをぐるぐる考えながら、食堂の前でベルリナさんを待っていたけど、なかなか来ない。

「あれぇ……。どうしたんだろう。何かあったのかな」

「——ノーミィ、これから朝食？」

声のする方を振り向くと、帰宅する格好で出入り口に向かっていたアクアリーヌさんが手を振っていた。

「ベルリナさんといっしょに食べる約束していて、待ってるところなんです」

「え、仕事終わりの鐘から結構たってるよ。だいぶ待ってるんじゃない？」

「時間の約束まではしてないから、待つのはいいんですけどね。何かあったのかなって思ってたところです」

「クラウに手紙届けてもらったらどうかな？　一回会っていれば覚えている子が多いけど」

「そうなんですか？」

クラウを呼ぶと、目の間にふいっと現れて差し出した腕に乗った。

「クラウ、ベルリナさんはわかる？」

『ギチギチッ』

「わかるみたいだよ」

「そうやって手紙を頼めるんですね！　クラウかしこいです！」

『ギチギチ』

まんざらでもない様子の使い魔に、さっそくメモを渡した。クラウはそれをくちばしにくわえたかと思うと、羽ばたいてすっと消えた。

アクアリーヌさんもいっしょに待ってくれるらしく、わたしのとなりに立った。

「そういえば、アクアリーヌさんはベルリナさんとお知り合いなんですね？」

「まぁね。城の中に年齢の近い者ってそんなにいないしね。だいたいみんな顔見知り」

アクアリーヌさんは、ベルリナさんよりちょっとだけ年下なのだそうだ。ちなみにラトゥさんとは同い年だとか。たしかに言われてみればそんな風に見える。って、ベルリナさんもラトゥさんも若くして四天王なんてすごい。

魔王城の者たちって、みんな仲がよさそうに見えるよね。

ダサダサ村とは全然違う。わたしは村の者たちに除け者にされて、時々はこづかれたり踏まれたりしていた。

ドワーフ同士でも陰でいない者の悪口を言うのは挨拶で、揉めて騒ぎになることは日常茶飯事だったよ。

前世を忘れていたとはいえ深層には記憶があったのかもしれない。村の者たちの姿を見て、いい気持ちはしなかったもの。

本当に魔王城に来てよかったなぁなんて思っていると、クラウが戻ってきた。

「早かったね。ありがとう」

くわえていた紙を受け取ってナッツを代わりにくわえさせると、クラウは『ギ』と喜んだ。

「ええと——遅くなってゴメンね。稽古をつけている最中に吹雪に巻き込まれた！　今、撤収したので着替えて向かいます。先に食べていてほしいんだけど——だそうです。え、稽古に吹雪ってどういうことです⁉」

「軍ってよくわかんないよね」

アクアリーヌさんは軽く片付けて、肩をすくめた。

まったくもって同感しかありません。

食堂は仕事後の和気あいあいとした雰囲気が流れている。

わたしとアクアリーヌさんもおかずをつまみながら葡萄酒を楽しんでいた。

そこへ寒そうにしたベルリナさんがやってきた。

「──もう、いやになっちゃうんだけど！　稽古っていうから見てあげたのに、本気で魔法使っちゃうなんてある⁉　遅くなってごめんね、ノーミィちゃん」

ベルリナさんは席につくと同時に、トレイに載せていたとんこつスープ麺(めん)のどんぶりをごくごくとあおる。

「ああ、温まるー！」

「お疲れさまです。お風呂に入ってきてもよかったんですよ？」

「浴場には行ってきたの！　かけ湯しかできないんだけど！」

そういえば、アクアリーヌさんもそんなことを言っていた。かけ湯しかできないお風呂ってお風呂じゃないと思うの。

「魔王城って不思議ですね……」

「可愛(かわい)いからいいんだけど。ノーミィちゃん行ったことないの？　食べたら浴場に行ってみる？」

可愛くて不便なお風呂ってことかな？　この魔王城に可愛いお風呂があるなんて、やっぱり不思議だ。

実家から通っているアクアリーヌさんも見てみたいと言い、三人で浴場へ行くことになった。

魔王城の大浴場は、地下にあった。一階にある食堂のすぐ近くの階段を降りるとすぐ。

ごつごつとした岩肌にランタンがかけられ洞窟風呂といった風情のそこへ、服のまま三人で入っていく。ぽつぽつと体を洗っている者たちがいる。

洞窟風呂は可愛いにはほど遠く、魔人の可愛いは、わたしの可愛いとは違うかもと思った時。

岩で作られた浴槽の中にまったりくつろぐ生き物を見た。

茶色のぽってりした体。小さい耳に、細められた目。

「カピバラ……？」

え、ええ⁉　異世界にもカピバラがいるの⁉

二度見したそこには、紛うことなきカピバラが数頭いたのだった。

「そうそう。ドワーフの国にもいた？　凶悪魔獣」

「凶悪魔獣なんですか⁉」

「だってほら、果物を差し出さないとならない気持ちになってくるでしょ？　この魔王軍四天王序列三位様から召し上げるんだよ？　［魅了］魔法で魔人を惑わす恐ろしい魔獣なんだけど！」

「うっ……。この眠そうな目がまた可愛い……。抗い難い……。何か果物持ってたかな……」

「アクアリーヌさんまで……」

「魔人は［魅了］魔法に弱いんだよ。可愛いは正義」

「可愛いは正義」

なんか変な宗教始まった！　それ絶対［魅了］魔法なんかじゃないし。ただ可愛いだけだよね？

「っていうか、なんでこんなところにカピバラさんたちがいるんですか」

「それはもちろん魔王様が持ち込んだに決まってるのよ。魔王様は魔人の王だもん。可愛いは正義を掲げる国の王なんだけど！」

魔王様！

まさかナイトメアやガルムも討伐対象じゃなく、ペットってことでは⁉

かけ湯だけでもしにきたという文官やお掃除係や洗濯係のみなさんも、カピバラに果物を与えながら「可愛いけど、浴場のお掃除しづらくて困ってるんです」「可愛いけど、お風呂に入れなくて不便なのよね」「可愛いんですけどね」と口々に訴えた。

この浴槽は、奥の方で細く男湯と繋がっているのだそうだ。なので、男湯の方もカピバラ風呂と化し、魔王城の浴場はカピバラパラダイスとなっていると。

「――――こういう話をお聞かせするのもあれなんですけど……。浴場がこうなってから、体の汚れが落としきれない者もいるらしく、洗濯が大変で……」

ああ……。かけ湯だけじゃ、そうかもしれないよね……。浴場にある手桶は小さい木製で、あれ

でかけ湯じゃ何回もかけないと全身流せない。流しきれない時もありそう。

そして汚れが増え、洗濯物も増え、洗濯係の負担も増えると。

ベルリナさんが数瞬固まって、叫んだ。

「いやぁぁぁ！　ウチ、臭くなってるってことなんだけど⁉」

錯乱しかけるベルリナさんに、アクアリーヌさんが「臭くないよ。でも、気になるなら、うちのお風呂に入りに来る？」となぐさめていた。

ついでにわたしも誘われた。

「ノーミィも遊びにおいでよ。さっきは遠い目をしてぼーっと立っていたし、疲れてるんじゃない？　休みはちゃんととってる？」

「……はっ！　とってませんでした！」

そういえば休んでなかったよ！　いろいろあってばたばたしてて、すっかり忘れてた！

「ボクもそうだからわかるけど、責任者って仕事の時間が決められてないからさ。自由になる分、つい長く仕事しちゃうんだよね」

わかるわぁとベルリナさんもうなずいている。四天王も決められた行事以外は個人の裁量に任されているらしい。

わたしも働く時間も休日も決まってないし、魔王城の外はよくわからないし、つい働きづめだったよ。

休むのは大事だって魔王様にもミーディス様にも言っているのに、自分が休んでないなんていけない。前世とドワーフの村での生活で、すっかりブラックが染みついていたみたい。

この世界では長生きしたいもの。これからはちゃんと休んでいこう。

何度やっても成功しなかった魔術紋も、少し離れたら何か思いつくかもしれないしね。

「――そうですね。明日は休みにして、町に行ってみようかな」

「そうこなくっちゃ。うちに泊まっていきなよ。案内するよ。この間掘ってきた鉱石の話もしたいし」

友達の家にお泊まりなんて前世の学生時代ぶり！

クラウを呼んでミーディス様に明日はお休みしますというメモを託した。

着替えは肩掛けカバンに入っているし、なんなら鉱石も入っている。

あとは細工室に「お休み」と書いた札をかけ、わたしたちはうきうきと魔王城から出たのだった。

魔王城からそう遠くない大きな建物が並ぶ通り。その中でもひと際大きな大きなお屋敷の前で、アクアリーヌさんは「ここがうちだよ」と指差した。
高いレンガ塀の向こうに、レンガ造りの豪邸が闇に浮かび上がっていた。

庭にまで明かりをふんだんに使えるというのを見ただけで、富豪の家だとすぐわかるというもの。

「お……大きいですねぇ……」

「ノーミィ、口が開いてるよ」

「さすがリル商会の会頭のお宅よねぇ」

リル商会って、魔王国で一番大きな商会だって聞いてます！　まさかそう言っていたアクアリーヌさんこそが、そこのお嬢さんだったなんて！

「おかえりなさいませ、お嬢様」

門番の敬礼に迎えられて中に入ると、アプローチには馬車道と歩道があり仕切るように明かりの灯（とも）るガラスボトルがいくつも並べられている。

「ほわんとした不思議な明かりですよね」

わたしがそう言うと、アクアリーヌさんとベルリナさんは笑った。

「ノーミィじゃなければお金持ちの嫌味かと思うところだよ」

「ウチの実家も敷地中全部で光キノコ使ってるんだけど」

「え。これキノコなんですか？」

しゃがみ込んでよく見ると、本当にキノコだった！

透明なガラスボトルの中に、うっすら緑がかった黄色に発光しているキノコが詰め込まれている。

キノコで明かりをとるなんて、すごいファンタジー！　魔人の町はキノコで照らされているんだ！　可愛い！

「ノーミィちゃん、あんまり近寄らない方がいいよ？」

「なんでです――くしゅん！」

「ほらぁ」

この光キノコはくしゃみを引き起こしやすいらしい。慢性的に吸っていると、涙、くしゃみ、鼻水の症状が出る光キノコ病というのにかかる人が多いのだとか。

ああ、花粉症的なやつか……。異世界でもあるんだな……。

前世のつらさを思い出し、スンとなる。

光キノコは山に採りにいけばタダなので、魔王国のありとあらゆる場所で使われているのだとか。

「うちは机の上だけはランタン使っているよ。それだけでもずいぶん光キノコ病の発症は抑えられてる」

「それってリル商会だからできることなんだけど！　だから魔王城は楽園よね。庭まで全部ランタンだもん。執念感じる～！」

なんでベルリナさんは執念にそんなにうれしそうなの……。魔人の感性ってわからないよ！

「くしゃみも鼻水も仕事の効率下げるからさ、城でランタンは正解だと思うけどね」

「まぁね。ノーミィちゃんが来てくれて本当によかった！」

二人が笑顔でこちらを向いた。

不意打ちでそんなことを言われて顔が熱くなったその時。いいタイミングでクラウが現れ、ミーディス様からの「承知しました」という手紙を手元に落とした。

「クラウもいっしょに泊まっていったらいいよ。うちにもカラスたちがいるし」

『ギチギチッ』

アクアリーヌさんの言葉に、クラウが羽を広げて喜びのポーズみたいな姿を見せている。ちょっと使い魔さん、主より先に何を答えているのですか。

「――ええと、それではお言葉に甘えて、使い魔ともどもお世話になります」

「気楽にゆっくりしてってよ」

「それにしてもノーミィちゃんの使い魔って、ふっくらしていて美味しそうなんだけど」

『ギチギチギチ!!』

ベルリナさんの言葉にクラウは羽をふくらませて抗議した。そしてアクアリーヌさんが呼んだカラスといっしょに飛んでいった。

わたしも捕まえた時に美味しそうだと思ったのは、内緒にしておこうっと……。


豪邸の内装にひとしきり驚き、向かったお風呂もやっぱり豪華！

全面が白タイルの浴場は、光キノコの明かりをキラキラと反射させている。魔王城ほどではないけど大きくて三人で入ってもまだまだ余裕があった。

「綺麗なタイルですね……。もしかして貝を使ってますか？」

「わかる？　さすが最高細工責任者殿。白月光貝が混ざっているんだ。ドワーフの国の工房に特注で作ってもらったんだって」

わかりますとも。日本でだって、これによく似た輝きの白蝶貝を装飾品に使ってましたから。

「素晴らしい出来ですね。作っているところを見学させてほしいくらいです」

「えぇー？　貝って食べるだけじゃないの？　文官系のおしゃべりって高度過ぎるんだけどー。小難しいこと言ってないでお湯を楽しみなよー」

広い浴槽で手足も羽も伸ばしたベルリナさんが、気持ちよさそうに目を細めた。わたしとアクアリーヌさんは顔を見合わせて苦笑した。いけないいけない。ついオタクトークを始めるところだったよ。

前世ぶりに広いお風呂を堪能した。

それから脱衣所の台を借りて温風乾燥機を置き、髪を乾かした。

横で見ていたアクアリーヌさんもベルリナさんも興味津々。

「――温風乾燥機、使ってみます？」

「うん。ぜひ使ってみたい」

髪の長いアクアリーヌさんも見よう見まねでタオルで拭き取りながら髪を乾かす。

「あっ、これいいね！　暖かいし乾くの早い」

「そうなんですよ。洗濯物を早く乾かすために風動機を改造してみたんです。髪を乾かすのにも便利なんですよ」

「風動機って地下室で使うものだよね。多くはないけど魔王国でも使われているよ」

「えぇー！　ウチも使ってみたいのに、髪が短くて風が届かないんだけど！」

「わたしがうしろで持ってますので、髪に指を入れて風が通るようにしてみてください」

ベルリナさんが髪を乾かすのをサポートしながら、ふむと考える。

この温風乾燥機はかなり魔石を消耗する〝魔石食い〟だったりする。しかも火と風の属性魔石を使うので安くはない。

これに限らず、魔道具は魔石食いが多い。お風呂もそうだし魔石グリルや保冷庫なんかもそう。なので魔石留めではなく魔石入れがついており、魔石を中にゴロゴロと入れるだけで使える作りになっているのだ。不器用な魔人さんでも安心。

けれども魔石入れがある分、ボディが大きくなってしまうのが残念なところ。

——よく考えたら、魔術基板で魔力の消費を抑えて作ったらいいのかも。魔石留めを使って小さくできれば、前世のドライヤーのようにハンディタイプでいけるのでは……？　それなら髪の短い者にも使いやすいよね。

「ノーミィちゃん！　これすごくいいんだけど！　もし作れそうならウチの分もお願いできない？」

「ボクも欲しい。お礼はしっかりするよ」

いつもお世話になっているし今日も泊めてもらうし、お礼は気にしないでもらいたいのだけど。ボディをどうするかが問題なんだよね。

「ええと……少し時間をください。もうちょっと手軽で使いやすいものが作れるかもなので」

「大丈夫！　全然待つから！　ノーミィの時間がある時に。でも必要なものがあったら言ってね。うちの商会で揃えるから。もし量産を考えるなら材料も販路も手伝わせてほしいな」

アクアリーヌさんが力強く言うと、ベルリナさんも胸の前あたりで手を合わせておねだり体勢。

「そのうちでいいんだけど、もし作れるなら城の浴場にいくつかあったら、みんな大喜び間違いなしなんだけど！」

量産ですか……！　ちょっと使ってもらっただけで、販路まで決まってしまったらしい。喜んでもらえたのはうれしいし、役に立てるならがんばりたいところ。そうときたらボディをどうするか本格的に考えないと。

それから案内された客室へ行き、寝る支度をした。ふと振り向くと、ベッドの上に球体が転がっていた。いや、ぽてっと横になった鳥だ。

「クラウ⁉　倒れてる⁉」

慌てて覗き込むと、くちばしをもにょもにょ動かしながら気持ちよさげに寝ていた。

なんだかさらに丸くなったような気がする。

……鳥って横になって寝るんだ……。って、まさかお腹が邪魔で座って眠れないとか……。

よく見ればくちばしに食べカスらしきものもついている。

こんなになるまで食べるって、おでかけをエンジョイし過ぎだと思うの。

ベッドの真ん中で寝られても困るよ……。

仕方がないからあきらかに重くなったクラウを抱えて枕の横に動かし、わたしも眠りについたのだった。

次の日。

頭にクラウを乗せて食事の席へ向かうと、アクアリーヌさんはまだ来てなくて、仕事でお城に戻るベルリナさんは先に食べていた。

「ノーミィちゃん、いい夕ね。クラウもいい夕ね」

「いい夕ですね。ベルリナさん」

『ギチ』

「あら？　クラウってば、美味しそうって言ったの、まだ怒ってるの？　ほら、使い魔大好き北山クルミがあるんだけど～」

『ギチギチ～！』

あっという間に懐柔されてる！　チョロ鳥！

ベルリナさんはクラウと（で）十分遊んでから、「アクアリーヌにありがとうって伝えておいてほしいんだけど〜」と言い残し、お城へ戻っていった。

給仕係が出してくれた食事をクラウとのんびり食べていると、アクアリーヌさんも起きてきた。

「いい夕だね、ノーミィ。久しぶりにゆっくり寝ちゃったよ」

「いい夕ですね、アクアリーヌさん。このナッツが入ったパン、とても美味しいです！」

クラウの食いつきもすごいの。ちぎった端から食べるの。そんなに食べたらまた座って眠れなくなるよ。

「うちのパンは北山クルミを使っているからね。魔力がたっぷり含まれていて、魔力が多い生き物は好物なんだよ。ボクも大好き」

わたしも大好きです！　ってことは魔力が多いということなのかな？　町で売っていたら買おうっと。

夕食後、二人と一羽で王都ドッデスの街歩きに出かけた。

記念すべき最初のお店はリル商会。アクアリーヌさんのお母さんが会頭をしている大商会の本店だ。

こちらもお屋敷同様、立派なレンガ造り。大きな通りの一等地だというのに馬車を停めるスペースも広い。

ドワーフの国との取引が多いから、ドワーフの国への出入り口に近い王都の外れに巨大倉庫も構えているらしい。

店内に入って真っ先に出迎えるのはランタンやちょっと高級な食器たち。わたしのテリトリーである細工品。さらにその奥には保冷庫などの魔道具。案内されて上がった二階にはきらびやかな装飾品の数々があった。

「海のものも多いですね！　素敵です！」

真珠や貝などドワーフの国では扱わない素材の装飾品も多い。

「ふふっ。魔王国で真珠を扱っているのはうちくらいじゃないかな」

さすがお父さんが人魚なだけある！

「わたしも使ってみたいです……」

並ぶ装飾品が放つ輝きにうっとりと見惚れる。

ジュエリーってやっぱり特別だよ。前世でも見るのは本当に好きだった。不思議と身に着けたい欲はあんまりなかったんだけど。

いつか自分の描いたデザインで作り出したいと思っていたのだ。

ガラスケースに並ぶのは、前世では見たことがないようなファンタジーなデザインのティアラや大ぶりな髪飾り。どきどきする。

耳飾りは並んでいるけど、アクアリーヌさんのヒレみたいな耳にも付けられるのかな？　耳の付け根に掛けるイヤーフックも似合いそう。

魔人たちにもバングルみたいな形状でツノ飾りとかいいかもしれない！

未知の装飾品にアイデアが溢（あふ）れてくる。

「――この間の採掘で出た、月光石と真珠を組み合わせたら優しい感じで素敵ですよね。大きい月光石の横に小さいパールを二つか三つ配置したブローチとか」

「……そんなの見たことない！　絶対に素敵だよ！　貴石、半貴石なんかの宝石はドワーフが加工するし、真珠や貝といった海の素材は人魚が加工しているんだ。だからどちらも使った装飾品は今のところ売ってないんだよ。ぜひうちの商会で作らない？　なんならノーミィが作ってうちに売ってくれてもいいよ」

大変心躍るお誘いです！

真珠は粒の小さい物や揃ってないものは安いとのことで、今度ゆっくり見に来る約束をした。

町には、普段使いの細工品や道具がいろいろ置かれた雑貨店もあった。

鍋（なべ）などの調理器具やカトラリーや食器が並び、光キノコ入れのガラスボトルも売られていた。ランタンはない。竹細工のカゴなんかも売られていて、これは獣人の国からの輸入品だそうだ。

「細工品や道具はほとんど輸入品ですよね。魔王国からの輸出品はどういうものがあるんですか？」

「魔王国は素材の輸出が多いんだ。特に魔物素材が多くて高値で売れる。この間野営地からロックバードが送られてきたよね？　あれも羽根とくちばしと爪はうちの商会で買い取って輸出したんだよ」

「そうだったんですか。見た時にはもう骨と肉になってたので、素材のことなんて気付きませんでした」

そういえば魔物素材というものがあるって村の学校で習ったっけ。ダサダサ村では扱いがなかったから忘れていた。ものによってはすごく高価だって聞いた。

魔王国にはお高いランタンを使い捨てにするだけの財力があるってことだ。

「ふふっ。美味しかったよね。ロックバードの鳥パイタンスープ麺」

「シグライズ様たちのおかげですね」

美味しいものを思い出したので、そのまま露店で串焼きをつまみ、乾物屋で北山クルミを買った。殻付きは長持ちするよと言われたけど、肩掛けカバンに入れちゃえば問題ないので殻は外してボトルに入れてもらう。

クルミ割り器を使うのかと思ったら、筋力上昇を使ったらしい店員さんは手でパキッパキッと割っていった。便利だなぁ。

雑貨屋ではちゃんとクルミ割り器が売られていたから、全員が筋力上昇を使うわけではないんだろうね。魔人にもいろんな者がいるということだ。

わたしの頭の上でそわそわしているクラウを腕に移動させて、剥きたての実をあげる。すると腕の上でとんとんとステップを踏み始めたので、よっぽど美味しいようだ。

『ギギッ！　ギギッ！』

わたしとアクアリーヌさんも店先で味見をした。

たしかに剥きたては香り高くて美味しい！

これはぜひまた買いに来ないといけないな。

楽しい時間が過ぎるのは早い。

あっという間に朝食の時間となり向かったのは、『青き鱗亭』という落ち着いた雰囲気の店だった。

「蜂蜜酒でいい？　魚好き？　ここ、マスが美味しいんだ」

「え」

思わず、ちらりとアクアリーヌさんのヒレのような耳を見た。

人魚って魚食べても大丈夫なのかな。共食いとか……。

わたしの視線に気づいたのか、アクアリーヌさんは耳元に手をやって苦笑した。

「人魚って、魚食べるんだよ。小魚と海藻が食事なんだ。魚だって他の魚を食べるしね。ボクは魔人の血も引いているから、肉も好きだけど」

「お父さんが人魚でしたよね」

「そう。嵐の時に岩礁にぶつかって気絶して打ち上げられたところを、たまたま通りかかったママが助けたんだって」

人魚姫リバース。童話は実話だった。

さらに聞けば、普段のお母さんは魔王国王都で暮らし、お父さんは海底国で暮らしているけど、月に一度は海辺の別荘でいっしょに過ごすのだそうだ。仲良しでいいなぁ。

注文を取りに来た店主に、アクアリーヌさんが蜂蜜酒の発泡水割りと魚料理を中心に何種類か注文した。

ナッツといっしょに先に運ばれてきたゴブレットを目線まで掲げて、いただきますの挨拶をしたら一口。

「うー……美味しいです」

ああ、沁みる。

蜂蜜酒はそれ自体にも少し酸味があるんだけど、これは発泡水と串切りの柑橘の酸味が足され爽やか。

懐かしいのに新鮮な味だった。

これはいけない。けしからん。油断してがぶがぶ飲むと酔っぱらうお酒だ。でも飲んじゃうよね。

「爺様も蜂蜜酒が好きだったよ」

「ドワーフの血は蜂蜜酒でできているのです」

「それなら仕方がないね」

イクラが散らされたサラダとマスのムニエルが運ばれてきた。

小粒なイクラはマスの卵だった。塩漬けにされていて、日本で食べていた醤油漬けよりも明るいオレンジ色。葉物野菜と海藻の上でキラキラしている。

粒を落とさないように青菜といっしょにすくって、ぱくり。

弾力をプチッと噛みつぶすと、とろりと魚の味が口に広がった。

ああ、本当にイクラだ！　塩漬けも美味だなぁ。醤油漬けよりさっぱりしてる。

アクアリーヌさんはしてやったりという風に、笑った。

「断然、蜂蜜酒が合うよね」

「炭酸と果汁もいい仕事をしてます。どんどんいけちゃいますね」

マスのムニエルにナイフを入れると、外はサクッとして皮はカリカリ、中はしっとり。切り分けるだけで美味しいが確定しました。ありがとうございます！

添えられていた柑橘を絞り、薄オレンジ色の身を口に入れた。風味豊かなバターの香りが鼻に抜け、身は口の中で溶けていく。美味は儚い……。

これらのマスは魔王国内の大きな湖で獲れたものらしい。海までは少し遠いのだとアクアリーヌさんは語った。

まぁそうだろうな。周りは見渡す限り山だもの。

気持ちよく飲み干したお酒のおかわりと、マスの唐揚げが運ばれてきた。

サクサクの衣をかじると熱々！　やけどしそうな口に蜂蜜酒の炭酸割りを流し込む。マスの脂とお酒の柑橘の酸味が混ざって最高。塩胡椒（しおこしょう）で香りよくピリッとしているから、冷めても美味しいの。

これまたお酒が進んでしまう。

蜂蜜酒を飲むと思い出すのだと、アクアリーヌさんは先代の最高細工責任者の話をしてくれた。

小さいころに魔石鑑定の才能を見出（みいだ）されて、三年前に亡くなるまで先代様に師事していたのだそうだ。

「だからさ、ノーミィがドワーフって聞いて、あまりに似てないから信じられなかったんだよ」

最初ノームって言われたたっけ。

「………わたしは母に似たらしいです。種族はわからないんですけど」

「そっか。気になる？」

「気にならないって言ったら嘘になりますね」

わたしは何者なんだろう。自分の中にある不確かな部分。なんとなく心許（こころもと）ない感じ。

「爺様はね、ほとんど魔力がないって言ってた。ドワーフは魔力が少ないって」

魔力は生きている者全てが持っていると、村の学校で習った。保有量は個人差や種族差があると
も。そしてドワーフは総じて少ない種族だ。

「でも、ノーミィは魔力が多い」

「え。わかるんですか？」

「うん。魔力量が多いか少ないかくらいは、魔石鑑定眼持ちなら訓練すれば見えるようになるよ。魔石の魔力量を見るのと同じだからさ。試してみる？　魔石を鑑定する時のように、見ようと思ってボクを見てみて？」

　掘った鉱石を見るように、眉間（みけん）の奥にきゅっと力を入れてアクアリーヌさんを見た。

「……んー……。あ！　アクアリーヌさんが光ってます！」

「あはは。そうそう、魔石といっしょ。その光の強さで魔力量がわかるっていうね。さすが鑑定眼持ちの採掘細工師、できるようになるのが早いね。キミもかなり光ってるよ——で、ノーミィの魔力が多いってことは、多分、獣人ではないと思うんだ。魔法は使えないんだよね？」

「使い方はわかりませんけど……教えてもらえるならば使ってみたいです」

「残念ながら魔法は教えられるものじゃないんだ。魔に属する者なら使おうと思ったら使えるから」

「魔力があっても、魔人じゃないと練習しても使えないってことですか？」

「そうそう。魔物もそうだけど、元々持っている本能というか特性なんだよね。だから魔法を使える者は意識せずに使える。使っていないということは魔の者じゃないってことなんだ」

　魔法、使ってみたかった……。あわよくばそのうち使えるようになったりしないかななんて、儚い夢だった。

　がっかりするわたしの前で、アクアリーヌさんはニヤニヤと頬杖（ほおづえ）をついている。

「でもさ、人間とかエルフは魔術を使うよね？　魔術で魔法と似たことをするんだよ」

魔術——魔術紋。

そうか。あの、母ちゃんの魔術紋帳は、エルフか人間の知識ということだ。

「魔人は魔法が使えて、それができないわたしは人間かエルフの子ってこと……」

「多分、ね」

耳を触ったけど、いつも鏡で見ている特徴のない耳。

同じことを考えていたみたいで、アクアリーヌさんもわたしの耳を見ていた。

「エルフっぽい耳じゃないけど、ドワーフの耳を継いでいるのかもしれないし。そこだけじゃわからないよ」

たしかにそうなんだけど、エルフではないような気がする。わたしの中にエルフを主張するものが何一つない。すらりとした長身とか、並外れた美貌（びぼう）とか！

どうしても母ちゃんの種族を知りたいというわけじゃないけど、知ったら何か変わるのかもしれないとも思う。

「ボクの知り合いにエルフはいないし、魔王国にはいないと思うんだよね。ドワーフと同じで国から出てこないって聞くし。だけど、人間や獣人は少ないけど町に住んでるよ。ノーミィが気になるなら、明日、登城前に行ってみる？」

「はい。ぜひ」

わたしは迷いなく答えていた。

もうすぐ明けの刻の鐘が鳴る。

「やっぱりシメはお粥かな」

「麺も捨てがたいけど、やっぱりお粥ですね」

わたしたちはシメにほぐした焼きマスがのったお粥を食べて、大変満足な朝食を終えたのだった。

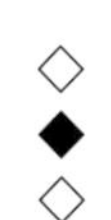

アクアリーヌさんの実家にもう一泊させてもらい、まだ明るさが残る夕方の町へ出た。

獣人は夜行性の者が多いけど、人間は昼行性。だから活動が重なるこの時間に面会や会合は行うし、どちらの種族のお店も営業するのだそうだ。昼行性の者はまだまだ起きているだろうけど、夜行性の者にはちょっと早い時間。

山の日暮れは早くほとんど日は落ちているとはいえ、明るさはまだ残っている。ドワーフは日の光に弱いと言われているが、こんな時間に外を歩いても溶ける気配も死ぬ気配もない。

ハーフドワーフだからかもしれない。でも実は純粋なドワーフだってそんなに日光に弱くないんじゃないの？　なんて思ったり。

アクアリーヌさんに連れられてやってきたのは街の中にある衣料品店だった。

店内には服が多く並べられていたけれども、布もたくさん並んでいる。

店の奥で布を裁断していた男が顔を上げた。三十歳くらいだろうか。茶色の髪で優しそうな顔立ち。白シャツを腕まくりして、胸にはエプロンを付けている。

「ああ、アクアリーヌ嬢。いらっしゃい。そちらの子は――――まさか、人間か？」

「この子はノーミィっていうんだ。ハーフドワーフなんだよ」

「ノーミィです。よ、よろしくお願いします……」

「ノーミィ嬢か。私はディランだ。よろしく。っていうか、ハーフドワーフ？」

わたしは父がドワーフで母の種族は知らないということなどを説明した。

母ちゃんの種族はわからないから置いておくけど、人間に会うのは前世以来になる。やっぱり見慣れているから親近感が湧く。

ディランさんはうなずいて、魔王国に来るよそ者はみな何かがあって来るものだと寂しげに笑った。

「――多分……ノーミィ嬢の母君は人間だ」

いやにはっきりと断言された。

何か有力な決め手があるってこと？

「――――わたしの見た目ですか？」

「見た目もそうだが、そのカバン――――グーチェ族の魔導雑貨だろう？」

「魔導雑貨……！　これはたしかに母の形見です」

「そのカバンの独特なステッチはグーチェ族のものだよ。グーチェ族が住むグーチェ領は、織物や刺繍など糸を使ったものを名産品にしている。中でも魔術を付与したグーチェ族の魔導雑貨で知られているんだ」

「グーチェ族……魔術を付与……」

「きっとそのカバンも秘伝の魔導刺繍があるんじゃないか？」

魔導刺繍！　母ちゃんの魔術紋帳に書かれていた言葉だ……！

「――カバン自体も熟練の技を感じるね。何気なく目立たないように作って、その有用性を隠しているところがすごいよ。買うとしたら大金が動く。そのへんの市民に買える金額じゃないよ。きっと君の母君か近い親族が作ったものだろう」

え、このカバンがそんな大金⁉　なんかすごい話になってきた！

「ノーミィには言わなかったんだけど、そのカバンは気になっていたんだ。無造作になんでも入れてるからさ」

アクアリーヌさんが苦笑した。

いくら血族継承で他の人は使えないにしても、わたしはこのカバンに対して自重を覚えるべきだった。

ずっと使っていたから当然のようになっていたけど、このカバンはとにかくもう何でも大量に入る。性能としてはおかしい。

そしてそれを自分の細工品でも再現してみたいと思っていた。

「ディランさんは魔導刺繍に詳しいですか？　このカバンの刺繍が――」

「ちょ、ちょっと待った、ノーミィ嬢。そのカバンは本当に貴重なものなんだ。その一族の秘伝の技が使われている。私ごとき一介の裁縫師が知っていい技ではないと思うんだが――」

「そんなこと聞いたら、ボクも聞いて大丈夫なのか心配になるよ」

ディランさんとアクアリーヌさんは困った顔でわたしを見た。

――一族の秘伝の技。

でも、わたしがおかしな細工を作り始めたように、秘伝って言っても漏れ出ちゃうものなんじゃないかな。

「……このカバンは魔術紋が刺繍してあるだけなんですよ。秘密にしておくほどのことでもないというか……魔術紋って、珍しいものなんですか？」

「いや、魔術紋は珍しくないよ。こうやって使う」

ディランさんは指揮棒のようなものをエプロンのポケットから取り出し、棒先で何かを描く。

知らず鑑定眼を使っていたらしく、魔力の流れが光って見える。

軌跡は光を放ち、魔術紋を浮かび上がらせた。同時に［照明］という文字が一瞬浮かぶ。

魔術紋が消え、光の球が現れてふわりふわりと揺れた。

――魔術紋って、杖（つえ）で描くものだったんだ――!!

「わた、わたしにも、それ使えますか!?」

「魔力と魔術杖（ワンド）があれば使えると思うが、私の魔術杖は血族継承のもので他の者は使えないんだ」

「どこかで買えるんでしょうか」

「人間の国なら杖の店がある」

そうか、魔術杖が必要なのか。人間の国か……。魔術は使ってみたいけど……魔王国からだと行くのは大変なんだろう。さっきの寂しそうだったディランさんの様子を見て察する。

魔術紋自体は珍しいものではないらしい。それを物に付与するのが珍しいようだ。

でも、わたしのカバンや魔王城の罠（わな）のように、あるところにはあると。

「――これ、この魔術紋ってわかりますか？　魔王城の備品に描かれていたんですけど、わたしの持っている魔術紋帳には載っていなかったんです」

罠に描かれていた模様を、ディランさんに見てもらう。

「これは、私も見たことはないが――［洗浄］……いや、［清掃］か……？　と似ている気がする」

「その魔術紋の名前は初めて聞きました」

「生活魔術の一種だよ。ふむ、もしかしたらノーミィ嬢の持っている魔術紋帳には、子どものころに教わる、知っていて当たり前の簡単な魔術は描かれていないのかもしれない」

　この魔術紋帳は多分、母ちゃんが描いたものなのだろう。基礎の魔術は直接教えるつもりで描き残していなかったのかも。どうやら、わたしの魔術の知識は欠けているところがあるらしい。

　挙げられた二つの魔術紋をその場で教わり、紙に描きつける。

　既視感。いや、手が覚えている。

　初めて聞いた魔術紋だったのに、たしかにこの［洗浄］も［清掃］もどちらも部分的に描いた記憶があった。

　そう、何度も描いた――――。

「すみません！　わたし、帰ります！　また魔術を教わりに来てもいいですか？」

「もちろん。歓迎するよ」

「何か吹っ切れたみたいだね。またうちにも遊びにおいでよ」

「はい！　アクアリーヌさん、連れてきてくれてありがとうございます！」

　挨拶（あいさつ）もそこそこに飛び出した。

　一目散に、ただ魔王城を目指して。

ディランさんとの話で、わたしは基礎になる生活魔術を知らないことはわかった。母ちゃんの魔術紋帳に描かれているのは応用編なのか一族の秘術なのか、上級の魔術らしいこともわかった。

それなら罠にあった魔術紋は、なんで母ちゃんの魔術紋帳に載ってなかったんだろう。複雑な魔術紋は、その中に描かれていてもおかしくないような気がするんだけど。

もしかしたらどこか他の一族の秘術なのかもしれないな。

門外不出の秘術なんて言っても、こうして漏れちゃうものだよね。そして知ったからにはありがたく活用させていただこう。


細工室で紙を広げ、［洗浄］の魔術紋を描く。それと重ねるように［清掃］も。さらに、わたしが似ていると思った［浄化］の魔術紋も描き足した。

すると、描き上がったのは――罠に描かれていたものとまったく同じ魔術紋だった。

ただ真似て描くだけではだめだったのだ。

一本の線のように見えて、実際には何本もが重なっていることがある。

一つ一つの魔術紋を描き上げていき、最終的に一つの複雑な魔術紋になる。

これがあの魔術紋の描き方だった。

新しい罠のために魔銀（ミスリル）板をマンホール大に切り出し、チスタガネを構えた。

［洗浄］を描くと円は光を放った。成功。［洗浄］という言葉が浮かんで見えた。それは鉱石を鑑

定した時に見える石の名前と、同じような見え方をした。

重ねて［清掃］も描き、［浄化］も描き上げる。

円を閉じると、チスタガネを持った指先から魔力がごっそり持っていかれた。

罠にあったものと同じ模様が強く輝き、同時に［大清浄］という言葉が現れて消えた。

「ふわあ⁉」

思わず床にへたり込んでいた。だるさが一気に襲いかかる。

『ギチギチッ！』

『クワァ！』

いつの間にか止まり木にいたクラウとカラスが、びっくりして抗議の声を上げた。

「ごめんごめん」

床に座り込んだままお詫びに北山クルミを二羽にあげて、クラウに手紙を託す。

そして椅子に座り直して息をついた。だるいのでちょっと休憩。

罠に描かれていた魔術紋は［大清浄］という魔術紋らしい。なんかすごい効果のありそうな名前だ。

マンホール大の基板に描かれた魔術紋からは、ゆらぎながら模様が立ち上っている。

これ常時発動の魔術紋なんだね。いきなり魔力がとられてびっくりしたよ。

魔術紋が発する模様に恐る恐る手をかざしてみたけれども、特に何も起こらない。なんとなく手のひらがすっきりしたような気もする。

実際にアンデッドで動作を試すのができないのが問題だなぁ……。その辺にアンデッドがうろうろしてないだろうし。いや、いたとしたら余計に設置しに行けないけど。

とりあえずこの罠［大清浄］一号を外に設置すると想定して、お茶を飲んで魔力が少し回復したら、しっかり魔力コーティングしておこう。

野草茶を飲んで少し楽になったころ、クラウが戻ってきた。

ミーディス様からの返事には、罠の設置は設備部の罠係が戻ってきてから行うから備品室に置いておくよう書かれていた。

よし、これで一仕事終了！

疲れたしゆっくりお風呂にでも入って休みたい気分だな。ああ、アクアリーヌさんの実家のお風呂は綺麗（きれい）で大きかった。あれならカピバラが何匹入っても大丈夫――って、そうだった！　カピバラ風呂をどうにかしてあげないと！

お城の者たちは果物なんてあげてのんきにしているけど、凍えても温まれなかったり洗濯が大変だったり、支障をきたしているよね。

大本の問題点はカピバラさんたちが浴槽を占拠していて、魔人のみなさんが入れないことだ。

いっしょに入るわけにはいかないしなぁ。

どこで何をしているのかわからないカピバラたちといっしょに入るのは衛生面で心配だし、石鹸（せっけん）

などが残っているかもしれない者たちといっしょに入るカピバラも心配。

カピバラをどうにかできればすぐに解決するけど——これは思いつけそうもない。あんな気持ちよさそうにくつろいでいる生き物たちを、どこかに追い出すなんてできないもの！

となれば目先の不便さの解決が必要になる。

そういえば、浴場で不便そうな物を見たっけ。

使われている手桶が小さい木製だったのだ。厚みのある板を縦に並べ、薄くした木の皮で側面をぐるりとしばって形にしてあるタイプ。重さが出てしまうから小さめに作るんだろうね。

あれだと少しずつしかかけられなくて、すすぎ残しもでてしまうかも。

もっと大きい桶を作ろう。

銅板を鍋用のプレスにかけて作ったのは、お湯がしっかり入る大きめの洗面器。銅は殺菌・抗菌作用があるから衛生的に使いたい場所向きだ。

男女合わせて二十個も作っておけば足りるかな。吊るして干せるように、縁の近くに小さい穴も開けておく。

ひとまずはこちらを活用してもらうことにして、あとはやっぱりシャワーだよ！

あれは素晴らしいものだった。前世を思い出してから、いつかは作ってみたいと思っていたんだ。

浴槽が使えなくても全身すっきり洗えるし、かけ湯よりは温かい。

どうやって作るかだよなぁ……。

中の仕組みも外側のボディもゼロから考えないとならない。

うーん……お風呂に使う基板を使えばお湯は出るよね。でも大掛かりだし水と火の魔石もそこそこ使う。

ディランさんから教わった［洗浄］の魔術紋を使えないかな。洗って浄める魔術ならお風呂にはもってこいだと思うんだけど。

どういう風に効果が現れるのか試してみる。

［大清浄］の時にも描いたけれども一応、紙に練習してから基板に魔術紋を刻む。その魔術基板と無属性魔石を繋げてみると、水が出た。洗浄できる水ってことだろうね。

これに加熱ができればシャワーに使えそう。魔術基板を二枚にすることで解決できれば無属性魔石だけで済んでいいんだけど。

ぺらぺらとめくった魔術紋帳に〝熱〟という文字を見つけてとっさに開いた。

――［熱殺］使用例・罠、術符。

こ、怖っ！　熱で殺すとかどんな八熱地獄⁉　術符が何か知らないけど、なんか怖い！　文字だけで恐ろしいから最初から頭になかった魔術紋だったよ。こんな怖そうな魔術は使っちゃいけない。お城の浴場にふさわしい安心安全な魔術紋をだね……あれ？　この単語、知ってるかも……？

そうだ、ミツバチの使う技だったような気がする。情報番組で見たよ。ハチミツ好きとして大変興味を持って見ていたんだけど、ミツバチがたくさん集まって体の熱を上げてスズメバチを退治していた。すごかった。小さいミツバチたちの勇姿よ！　熱殺蜂球とか言っていたっけ。

ということは、もしかして普通に熱を上げる魔術紋なのかも……？

どきどきしながら練習した［熱殺］の魔術紋を基板に刻む。成功。光とともに［熱殺］の文字が浮かぶ。

魔石を繋いだ途端にカーッと熱くなったら怖い！

念には念を入れ、魔石の魔力を絞って最小で出す配線にして、動力線を魔石留めと繋げる。もう一本の動力線は魔術基板から短冊型の銅板に繋いだ。これで魔石を魔石留めにセットしたら銅板が熱くなるはず。

作業場の流しに置いてある桶に水を張り、その中へ銅板を入れた。

魔石をセットし、少し待ったらすぐに取り外す。

恐る恐る桶の水に指を入れたけれども、全然温かくない。

あれ？　見当違いな魔術紋だったかな？

もう一度魔石を入れて、少し放っておく。

そーっと指を入れると、温かいまでいかないまでも冷たくない。

しばらくすると、いいお湯加減になった。いいね、いいね！　これで出力する魔力量を調節したらこんなに待たなくてもいいはず。

あとは水が出る勢いと温度の調節だな。

魔石鍋は水を出して沸騰させればいいだけだったから気にしなくてよかったけど、シャワーなら熱さや勢いの好みもあるし加減できるといいよね。

前に魔石鍋を作る時に考えたスイッチ付きボリュームを、シャワー用に改良しよう。

水量の方は左のスイッチのオフから右に回していくと水量が多くなるように調整して、温度の方は水から始まり最高でも40度半ばくらいにしか上がらない設定にしたい。

試行錯誤の末、手元で調節できるスイッチ付きボリュームができた。

中の魔術基板と配線・スイッチはできあがったので、次はボディの方に取りかかるんだけど……。

基板を濡らさないように、シャワーの水を出すのをどうしようか。

こんな時、道具職人ならいいボディを作れるのかもしれない。

筐体とか外側は専門外なんだよなぁ……。

もっと道具も勉強しておけばよかったと思うけど、大きい道具の制作は大きい町で扱っていて、規模の小さいダサダサ村では扱っていなかったのだ。

入れ物をはんだでくっつけてしまえば濡れずに済むけど、それだと魔石の交換ができない。

そんなにたくさん作るわけじゃないし、魔力コーティングを念入りにやればいいかな。

前世のシャワーヘッドの形を思い浮かべ、自分が作れるもので代用できないか考える。

水が出る部分は、レードル、ゴブレット、ミルクパンあたりが近い……かなぁ……？　本当に無理やり、しいて言えばだけど……。

持ち手の部分は片手鍋の柄とか？

その中で基板を入れられる大きさなのはミルクパンか。

柄もついているし、まんまあの形がシャワーになる感じでいいかな。

まずは銅製の鍋部をプレス機で作り、ミルクパンの底の部分に水を出す穴を開けていく。円周上に等間隔に。それと少しだけ叩いて、平らから曲面にした。

そして水が溜まる空間を少し開けて、魔銀製の丸い板をはめる。魔術基板から動力線で繋いで、この魔銀板からお湯が出ることになる。

中の空間はお湯しか入らないからきっちり付けちゃっていいよね。というわけで、しっかりとはんだで溶接しておく。ここから先は絶対に水に濡れないようにしっかり魔力コーティングで防水加工。

溶接した魔銀板に動力線を付け、さっき作った［洗浄］と［熱殺］の魔術基板を繋いだ。さらに動力線を延ばして空洞の柄の中を通す。この線がスイッチに繋がる。

そして柄の鍋に近い部分にスイッチ付きボリュームを二つ縦に並べて配置した。柄の中途半端な場所に付けちゃうと持つ時に邪魔になりそうだしね。

最後に固定金具を鍋の内側に取り付け、丸い銅板で蓋をしてネジで留めた。ここもしっかりと魔力コーティングをする。

ミルクパンシャワーが、とりあえずできた。

せめて少しでもシャワーっぽく、ちょっと下向きに角度を付けておく。

道具が作れないハーフドワーフの涙ぐましい作品だよ。

大きさその他は追々改良していこう。たとえ作れなくても工夫と努力はできるんだから。

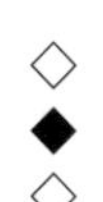

わたしは夢中でいろいろ作った後、魔王様に断固抗議すべく執務室へ行った。

「魔王様、あの、カピバラさんたちがお風呂に入っているんですけど……」

書類の山と山の切れ目から顔を覗(のぞ)かせた魔王様は、不思議そうに目を瞬(また)かせた後うれしそうに口角を上げた。

「風呂に入っているというのはなんのことだかわからないが、あれらは可愛(かわい)いであろう？　裏山で大猪(おおいのしし)に襲われそうだったのを保護してきたのだ」

う。そう言われると、大変抗議しにくいです……。

魔王様は、はっ！　と思い至ったような顔をした。

話をわかっていただけたかと思いきや。

「――夢炉にあれらの毛を載せれば、もしや……」

ちらっと魔王様が向けた視線を追えば、そこに夢炉があるではないですか！

寝室で使ってくださいとお願いしたのに、また執務室で寝てるんですか!?

「……魔王様。魔王城の大浴場のお話なので聞いていただけますか……？　お城のみなさんが浴槽に入れなくて困ってますよ……？　あの、魔王様だって困りませんか……？」

わたしが魔王様に厳しく申し上げると、となりの執務机で書類を見ていたミーディス様が、こめかみを押さえた。

「ノーミィ、話をくわしく。そんな話は初めて聞きましたよ」

大浴場の現状を説明すると、ミーディス様は深くため息をついた。

「私は自宅から通っているので、今まで知りませんでした。報告も上がっていませんしね」

大浴場にいたみなさんも困っているけど可愛いって言っていたし、なんなら果物あげちゃってたし、大変な問題だと思っていなかったのかもしれない。

「す、すまぬ……水が湧き出している地下に棲ませていたのだが、浴場に繋がっているのかもしれぬ。どうりで日によって頭数が違うような気がしていたのだ……」

「魔王様の居室には浴室がありますからね。大浴場に行く必要もなく知らずにいたのでしょう」

それなら魔王様の部屋で暮らしてもらえばいいというわけにもいかない。魔王城の最上階でカピバラたちが快適に暮らせるわけがないもの。

魔王様とミーディス様はとりあえず浴場に確認に行くというので、もちろんわたしもついていった。

大浴場の入り口に清掃中の札がかかっている。そろそろ夜食のころとなる深夜。夜行性の者たちは仕事の最中で、昼行性の者たちは夢の中というころ。

掃除係に確認してから、魔王様も連れて女湯へと入った。

掃除係たちが浴場の床にブラシをかけている。なかなかパワフル。筋力上昇の魔法を使っているのかも。

お湯が少しずつ減っている浴槽の中、カピバラたちは動じることなくまったりとしていた。

「……なんと、本当にいるではないか……」

「なんということでしょう……。愛でるべきものがこんなに……」

ミーディス様も可愛いは正義教の信者か……。昨日、浴場で会った掃除係のお姉さんがぺこりとお辞儀をした。

「魔王様方、よい夜でございます。――何かございましたか?」

「浴槽のお湯を抜いているところなんですね」

「ええ、この時間は毎日お湯を抜いています。夜食を食べている間に浴槽が空になるので、それから中を洗うんですよ」

「カピバラはその間どうしているんですか」

「どこかに行っちゃう子もいますし、ここで寝ている子もいますね。ちょっと移動させて掃除していますけど」

カピバラファーストが徹底されてます！

魔王様は当然のようにカピバラを撫で、呆然としていたミーディス様が我に返った。

「――何やら生き物がいると聞いて、確認しに来たのです。あれらはいつごろからいるのですか」

「数か月前くらいだったでしょうか……」

「数か月もこんな状態……」

わたしはさっき作業して作ったばかりのものを取り出した。

「あの、桶なんですけど、今あるのが小さくて使いづらそうだったので、新しいのを作ってきました」

取り出した銅の桶は、赤褐色に輝いている。

「わっ！　たくさん入りそうなのに軽いですね。これならしっかり流せそうです」

「それに抗菌……えっと、汚れにくいんですよ」

使わない時は一つ一つ壁にかけて乾かしてほしいと言うと、設備部に壁かけ用のフックを付けてもらうということになった。

「ノーミィ、助かりました。細工の腕も良く気も利くなど、我が魔王国にその才を授けてくださった最深の昏き闇神に、お礼の祭りを開かなければなりません」

わたしが追放されたことを祝うお祭りですか！　許してください！

なんの変哲もない桶を作ってこんなに喜ばれるなんて。

シャワーもまだ出していないのに。

持ってきていた試作品のシャワーを取り出す。

「――これはシャワーというものなんですが、お湯が出ます」

スイッチをオンにしてつまみを回すと、細かい水がヘッドから広く散水される。

見ていた魔王様やミーディス様や掃除係のみなさんが目を見開いて固まった。

「広範囲に温水が出るので、上の方に掛けて使うと全身にかかります。お風呂がなくてもそこそこ温まりますし、体を流すのも便利です。体調が悪くて湯舟に浸かるほどの体力がなくても、シャワーだけなら大丈夫な時もあると思いますし。この水は洗浄する水なので、シャワーだけでだいぶ汚れが落ちるはずです」

つまみをさらに回して勢いを強くし、遠くへ水を放つように動かしてみせると、掃除係のお姉さんが動いた。

「そ、それ、お掃除にも使えませんか!?」

もっと勢いを強くしたら汚れも――あ、高圧洗浄機だ！

「お掃除用のも作れると思います！」

中に植物泥炭を入れて［模写］したら、お肌つるつるになるモール泉のシャワーになるし、［乾燥］を入れたらドライヤーにまでなる!?　ドライヤー付きシャワーなんて便利過ぎない!?　夢が広がる！

「……もう、本当に、我が国の最高細工責任者殿は規格外ですね……」

「ミーディス、シャワー記念日とランタン解放記念日を制定せねばならぬのではないか。いや、最深の昏き闇神が世界の至宝を我が国にくださった日こそ、祝日に制定し全国民で祝わねばならぬ」

ミーディス様と魔王様が何か言っているような気もするけど、わたしは掃除係のお姉さんとの話にテンション上がりっぱなし。

「お洗濯にも使えませんか⁉」

「はっ！　使えると思います‼」

洗濯機！　それとも洗車機みたく部屋丸ごと洗濯できるようにしちゃう？　乾燥までいけちゃうよ！

「洗濯係さんたちに話を聞きにいってきます！」

わたしは大浴場のそばにある洗濯室へと飛び出した。

◇◆◇

後日。

設備部のベテラン勢が魔王城の保守点検から帰ってきたと知らせがあり、わたしが作った罠（わな）「大清浄」一号の試し設置をするというので同行させてもらった。

シグライズ様とベルリナさんもいっしょだ。

城壁の大穴までたどり着くと——何か臭う。

目を凝らすと、穴の向こうには黒っぽくドロドロとした何かや骨のような何かが一列にずらりと並んでいた。

そしてさらにその奥、黒フードをかぶった者が佇(たたず)んでいる。

「な、なんかいますっ⁉」

とっさにシグライズ様の後ろに隠れた。

「いやぁそれがな、動作を試したいってリッチのじっちゃんに書状を送ったら、はりきっちゃってなぁ」

「あ、あ、あ、あれ、リッチ……」

「ノーミィちゃん、大丈夫よ。その辺のじいちゃんや大猪と変わらないし。ただ死んでるんだけど！」

それが怖いんですけど！

設備部の者たちが罠を設置し終えて城壁内に戻ると、シグライズ様が森に向かって手を上げた。

それを合図に歩み寄ってくるアンデッド。

「————‼」

怖っ！　怖ぁっ‼

もったりもったりかくかくかくと、ウルフゾンビとワイルドボアスケルトンが壁の穴すぐのところまで近づいた。

次の瞬間。

青白い光が巻き起こり、罠の上に差しかかったアンデッドを跡形もなく消した。

次々と押し寄せるアンデッド。粛々と消し去る、罠［大清浄］一号。

しばらくすると周囲のアンデッドたちは一体もいなくなり、後ろに控えていたリッチのじっちゃんがよく見えた。

丸見えのじっちゃんはぶるぶると震えて踵を返し、脱兎のごとく森の中へ消えていった。

「す……すごい威力なんですけど！」

「いやぁ、嬢ちゃんの作るものはすごいな！」

「前の罠より威力が増してますね！」

「ああ、恐ろしいほどだな……」

軍と設備部の方々が褒めてくれるけど、引いている人も多いような気が……。

後には清々しい空気が残されている。

匂いも汚れも残さず、素晴らしい魔術紋だけど……。

「死霊軍って敵じゃないんですよね……？　こんなにやっちゃって大丈夫ですか……？」

情けない声になってしまったわたしに、シグライズ様はにっと笑った。

「じっちゃんには書状で罠の説明をしてあるし、大丈夫だろうよ。だめなら魔王様がお詫びに行くだけだ」

ええっ⁉

わたしは悪くないと思うんだけど、もしそんなことになったら魔王様ごめんなさい‼

想定外なことはあったものの罠は無事に本設置され、模様が揺らめく光と清浄な空気を漂わせながら常時発動しているらしい。

アンデッドは今のところ迷い込んでいないとか。あの時、大量に消しちゃったから迷い出るほど残ってなかったりして……。

大浴場の方もシャワーと桶が活用されている。シャワーは見た目ミルクパンでひどいけど、男性用と女性用に三つずつ置いてある。設備部が壁掛け用フックを付けてくれたので、大変便利。引き続き浴槽で愛でられているカピバラたちもにっこりだ。

これから開発する洗濯機の方は、アクアリーヌさんの実家のリル商会から大きな筐体をドワーフ国に注文してもらうことになった。

どういう機能をつけようか。お湯も使えた方がいいのは間違いないし、水を使わなければ、革鎧も洗えるんだよな――。

あれやこれやと構想を練っていると、そっと作業室の扉が開いた。

何気なく振り向いたけれども姿は見えず、何者かの気配と窺うような視線だけが感じられた。

この感じ！　もうなんだか察して嫌な予感しかしません！

扉を挟んだ無言の攻防をしばらく繰り広げ、根負けしたかのように恐る恐る入ってきたのは。これから死の館へ旅立ちます、止めないでくださいという雰囲気の小山――いや、魔王様だった。

「ま、まさか……」

前回渡した夢炉には、［幻視］、［物理守護］、［対魔守護］の三枚を使っていた。

あれだけ武装させたわたしの夢炉が敗れたと――――⁉

「すまぬ……」

魔王様は顔を背けたまま、後ろ手をプルプルと震えながら差し出した。

「ぺっちゃんこです⁉」

ぺらっと平べったい青と金色の板……。あの天覧石を贅沢(ぜいたく)に使った最高級の夢炉が……。

「……落とした……」

「おとした」

「……そして、踏まれた……」

「ふまれた」

「ドラゴンに…………」

ドラゴン‼‼‼‼

なんでそんなものがいるところに夢炉を持っていったのですか‼

「我の愛するドラゴンに、美しく強いこの炉を見せてやりたかったのだ……」

いい話風に言ってますが、ドラゴンに自慢しようとしてやられたということですよね⁉

ドラゴン討伐の時に持っていき、死闘の最中のできごとというのなら、仕方がないと思えた。

しかし魔王様のペットにもてあそばれてぺっちゃんことか、夢炉が不憫(ふびん)！　それを作ったわたしはもっと不憫！


まぁ、［物理守護］と［対魔守護］の魔術紋二つで、全ての攻撃を完全に防げるわけがないのだ。

これで、一定のところまでしか防げないということが判明した。

さらに防御の魔術基板を増やして差すか、他の方法を考えるか……。


「……フフフフフ……魔王国の幹部などまだまだ序の口ということですか……魔王国はそんなに底が浅くはないと……わたしごときハーフドワーフが勝ちを誇るなど驕(おご)りもいいところ。そうおっしゃりたいのですね……フフフ……ドラゴン……生き物の中でも最強と言われるそれに勝てなくばこの国で細工師を名乗れないなど、我が魔王様も理想が高くいらっしゃる……フフフフフ」

「す、すまぬ、ノーミィ‼　我が悪かった‼　詫びになんでもやろう！　だから我を、我が国を見捨てないでくれぇぇぇぇいぃぃぃ‼」

何かが足元で土下座しているような気がしたけど、それどころではない。

今度こそ、どんな攻撃にも耐えられる完全な夢炉を作り上げなければ！

終章　ハーフドワーフ魔導細工師の終わりなき戦い

「――というわけで、強い細工品を作らないとならないんです」

「そうだったんだ。細工室に来たら魔王様が這いつくばっているから、新しい魔王様の誕生かと思ったよ」

洗濯機の打ち合わせに来たアクアリーヌさんはそう言って笑った。

「本当にもう、魔王様のうっかりさん具合にはびっくりです」

「ボク思うんだけどさ、魔王様ってうっかり魔王になったんじゃないかなって」

「魔王ってうっかりなっちゃうものなんですか？」

「ああ、そっか。ノーミィは知らないんだよね。魔王はこの国で一番強い者がなるんだよ」

世襲制ではなく、四年に一度開催される武闘大会で序列が決まるのだそうだ。

その頂点が魔王様。次がミーディス様。やっぱり宰相職はナンバー2だった。三位はシグライズ様で魔王国軍のトップになるということらしい。この幹部三人になったのは二大会の前のことだという。

「これはボクの予想なんだけど――」

アクアリーヌさんはこそっと小さい声で言った。

「シグライズ様は多分、ミーディス様にわざと負けてるんだよ」

「――えっ、なんでですか？」

「書類仕事がしたくないから、だろうね。宰相なんて書類を読んで確認して割り振って魔王様に決裁を仰ぐのが仕事だもの」

なんということでしょう……。

「ミーディス様も上手(うま)いこと魔王様に負けてさ。まぁ、多分本当に魔王様が一番強いんだと思うけど、そこでわざとミーディス様に負けておけば書類に追われることはなかったんだよね。ミーディス様の方が上手(うわて)だった」

「ま、待ってください。ミーディス様に勝って魔王様が魔王になったということは、元々ミーディス様が魔王だったということですか？」

「いや、ここで魔王様に最後に立ちはだかったのが、前魔王様なんだよ」

「前魔王様」

「そう。翼の民至上主義の爺(じい)様だったんだけどさ、ミーディス様には王座を譲る気がなくて王座に居座っていたのに、勝ち上がってきたのが翼の民の魔王様だったからさっさと負けて引退したというわけ」

それでいいのか、魔王国……。

「ミーディス様が魔王になれば、書類はあっという間に片付くし、人気もあるし、いいと思うよね？　でもミーディス様も魔王になる気はないんだろうね」

「……なんでですか……？」

「人間の国の相手をするのが面倒なんじゃない？　ほら、勇者とかさ」

本当にそれでいいのか、魔王国！

「でも――ミーディス魔王様、似合いますね」

「うん。なかなかいいよね。勇者を雷と鞭で倒れる寸前まで責めたててほしいな。それで何度でも倒して心をへし折ってやってほしいよね」

怖っ！　勇者に何か恨みでもあるのかな⁉

なんだかんだ言ってもアクアリーヌさんも魔人ということだよ。

そしてなんとなく魔王国と人間の国との関係が知れた。人間の国が一方的に魔王国へちょっかいを出している感じなんだろう。

それでも魔王国に住んでいる人間もいるのだから、おもしろい。

魔王国は懐が深い。だから、魔王様がちょっとうっかりなくらいは、いいのかもしれない。

国からはみだしちゃった者も安心して暮らせる国は素敵だ。

そこは本当に感謝です。

夢炉を強くする方法をぐるぐると考えていたけど、防御系を積めるだけ積むくらいしか思いつかなかった。

魔術基板を増やせばその分、炉は大きく作らないとならないけど、そんなに大きくしたくないなぁ。さりげない大きさでなんとかしたい。

罠に描いた［大清浄］の魔術紋は、［洗浄］［清掃］［浄化］の三つが重なったものだった。ということは、魔術紋は重ねて描けるわけだよね。三枚が一枚、いや二枚が一枚になるだけでもいい。

とりあえず［物理守護］と［対魔守護］を重ねて描いてもだめだった。それぞれに［模写］を重ねて描いてみたけど、それも上手くいかなかった。

もしかしたら似た魔術同士ならいけるかと思って、常時発動の［物理守護］とその都度魔力が必要な［物理防御］でも試したけれどだめ。片方が常時発動の守護系はだめなのかな？

［物理防御］と［魔法防御］でもだめだった。

――これはきっとなんでもいいわけじゃなく、決まった組み合わせのみってことか。

少なくとも今回使いそうな守護・防御で上手くいく組み合わせはないようだ。

そうなると、魔術基板の枚数を増やすしかない。

どれだけ増やせばドラゴンに勝てるというのか。

それだけ積むにはどれほど大きい炉を作らねばならないのか。やっぱりお寺の香炉か。

クラウも近付いてこない黒オーラをまき散らしながら仕事に行く支度をしていたが、やめた。

餅(もち)は餅屋に。魔術は人間に。

ディランさんに聞いてみようかなと、町へと向かった。


「いらっしゃい。ノーミィ嬢」

爽(さわ)やかな笑顔にほっとする。やっぱり人間の姿って落ち着くな。

「よい夕ですね、ディランさん。お邪魔しても大丈夫ですか?」

「大歓迎だ。魔術の話を聞きにきたのかい?」

「いろいろと謎が多くて」

「勉強熱心だね。ところでこの間の話なんだが、そのカバンが魔術紋を刺繍(ししゅう)してあるだけと聞いて刺繍してみたんだ。特に何も起こらなかったが、特定の魔術に限るということなのだろうか」

「いえ……特定のということはないと思うんですけど」

広げられたハンカチには、見事な魔術紋が刺繍されていた。

「……見たことがない魔術紋です」

「これは［照明］の魔術紋だよ。この間魔術杖(ワンド)で見せた魔術だ」

「刺し終わった時、光ったりはしませんでした？」

「光る？　ハンカチがかい？　［照明］の魔術だから？」

わたしが魔術紋を刻む時、最後に円を閉じる時に模様が光を放つ。それが魔術紋の成功の印。

こんな立派な刺繍の魔術紋でも、魔術自体は宿っていないということ？

「魔力を込めながら刺繍してみました？」

「そのつもりだったのだが。今、やってみようか」

「円を最後に描くように試してほしいんですけど」

ディランさんは新しいハンカチを出し、二重になった丸い木の輪に布を挟んで張ると、刺繍を始めた。

すいすいと進める針のあたりにうっすら魔力の光が見える。たしかに魔力は込められている。

けれども糸が最後に円を閉じても、魔術紋が光を放つことはなかった。

「私がやるとこんな感じなのだが、ノーミィ嬢は違うのかい？」

「はい。魔術紋が光るんです」

「ふむ……。もしかしたら君が特別なのかもしれないな」

「そんなことはないと思うんですけど……」

この［照明］の魔術紋自体が、描いても効果を発揮しないのかもしれないし。

紙に描き写させてもらい、羽根ペンで練習した。

そして肩掛けカバンから取り出した基板へ、チスタガネで刻んでいく。

最後に円を閉じると、魔術紋は一瞬輝いて［照明］の文字を見せた。

「これが魔術付与か――――！」

魔銀(ミスリル)の基板を手に持っていると、わたしの魔力に反応して弱い明かりがふわりと浮いている。

「こんな技術は初めて見たよ。普通の人はできない。やはり、君はグーチェ族の末裔(まつえい)なのだろう」

それじゃあ、本当に母ちゃんはグーチェ族の人間ということ……？

目を落とすと、いつもいっしょにいる肩掛けカバンがある。

「――このカバンには［模写］という魔術紋の刺繍があるんです。それに羽根がついているだけなんですよね」

「まず、私はその［模写］の魔術を知らない。書写師の一族にはそういうものがあるという話は聞いたことがあるが、一族の秘術の類いだね。一般的には出回ってない魔術だ。そのカバンは見た目よりもたくさん入るカバンということだね？」

「はい」

「魔法付与に素材を使うというのも聞いたことがある。羽根はその魔術素材なのだろうね」

「カバンの中が大きくなる特性がある鳥……ってことですよね？　そんな妙な鳥います？」

ずっと不思議に思っていた。そんな妙な鳥がいるだろうかと。鳥自体は普通で羽根にだけそういう効果がある？　魔物ならそういうのがいる？

ディランさんはくすりと笑った。

「ああ、中を大きくするというのなら、その空間を広くするということだろう？　空間に作用するのだから、空間魔法系の魔物の羽根なのではないかな」

空間魔法系――――。

「――クラウ、来い！」

どこからか現れたわたしの使い魔がひゅっと頭の上に乗った。

「まさに、それ」

ディランさんの言葉に、わたしは目を見開いた。

空間魔法。空間移動。

クラウは、見えないどこかから現れる。

カバンに入れたものは、見えないどこかにしまわれる。

〝見えないどこか〟

その、見えないここではない空間、〝異空間〟を使うのが空間魔法ということだ。

――そこへ夢炉をしまってしまえばいいのでは？

攻撃を受ける前に異空間へ移動させるのだ。

肩掛けカバンは［模写］と羽根で異空間へ繋げている。

その異空間の中へ移動させるなら……魔術紋の［転移］というものを使ってみたらどうだろう。

これ、いまいち使いどころがわからなかった魔術紋。いや、一度は基板に刻んでみた。けれども何も起こらなかったのだ。

多分、移動先を指定してなかったからだと思うんだよね。ただ転移って言われても「どこに？」ってなるもの。もしかしたら転移させる場所を指定すれば、上手くいくかもしれない。

まずは中の魔術基板を作っていく。

クラウと格闘して羽根をむしるまでもなく部屋に数枚落ちていたので、手に入れるのは簡単だった。

ここでちょっと問題が起きた。

［模写］と［転移］の魔術基板を作り、動力線で魔石留めと繋いで魔石と羽根を載せたところ、その場で転移してしまったのだ。

それっきり見えなくなってしまって、魔術基板と魔石と羽根は行方不明のまま。あの基板、どこにいったんだろう。魔石が切れたら戻ってくるのかな……。

ただ、［模写］と［転移］で異空間へ転移するのは証明された。あとは異空間から戻ってくる仕組みを作らないと。

攻撃された時だけ見えない空間に転移して、いつもはこの空間にある――攻撃された時がスイッチオンで、攻撃されていない時がオフになる仕組み。

相手をドラゴンと想定するなら、パンチや踏み潰す時は夢炉に触れることになる。

魔力は全ての生き物が持っている。魔法や魔術に無縁のドワーフでも少しは持っている。

ということは、ドラゴンが夢炉を攻撃した時、魔力が供給されるということだ。

――それなら、外側のほぼ全面をスイッチにするのはどうだろう？

卵形で全面スイッチ。生き物が触ったら異空間へ転移する。触れなければそこに存在する。

側面に穴を開けて、穴の縁を魔力が通らない素材で包んで指を入れられるようにしておけば、持つこともできる。

――うん、いいかも！　こんな仕様でやってみよう！

外側は魔力が通るように魔銀で作るけど、指を入れるので内側は真鍮製にしないとね。

まずは真鍮で上下セパレートの卵形を作った。両手でつかむくらいの大きさも形も、まさにダチョウの卵。倒れて壊れたらいやだし、下部に重りを入れて〝おきあがりこぼし〟のようにした。卵型は作ったことのない形だったから、鍛金に時間がかかったよ……。

指を入れて持ち手にする穴も開けておく。魔王様の手は大きいし、ナイトメアの毛の出し入れもできるように、手の甲まで差し込めるくらいの横長の穴を両手用に二つ開けておこう。

フレーム上部の内側にはクラウから落ちた羽根を動力線で繋いでおく。外側の魔銀に繋ぐので、線の端は長めにとって。

下部の内側には［模写］［物理守護］［対魔守護］の魔術基板三枚と動力線を繋いだ魔石留めを入れた。

同じ形で少しだけ大きい魔銀の卵形の中へ、基板などを入れた真鍮の卵形を入れて固定金具とネジで留める。間にぴろんと伸びていたクラウの羽根と繋がった動力線も入れた。

これで外側が魔銀、内側が真鍮の二重になったダチョウの卵形ができた。

持ち手用の二つの穴の縁も真鍮で包んで魔力を通らないようにすると、外側は穴の周り以外の全部に魔力が通るようになった。

ここからがこの新しい夢炉の一番大変なところ。

外側の魔銀に［模写］と［転移］を刻むのだ。

曲面に描いたことなんてないから、似たような曲面を真鍮で作って練習しておく。夢炉がそこそこ大きいから曲面も緩やかだし、大丈夫そう。

本番の魔銀へチスタガネを当てる。

まずは［転移］の魔術紋を刻む。描き上がっても［模写］がなければなんの作用もしないはず。

まだ慣れない魔術紋を慎重に、でも滑らかに刻んで。

最後に円を閉じると光が走り、［転移］の文字が一瞬浮かんだ。

よし、手でつかんでいても夢炉は消えない！

今度は裏側の曲面に［模写］を描いていく。

こちらは慣れた魔術紋だ。

するすると気持ちよくチスタガネを動かし、円を閉じると――一瞬輝いて［転移］と浮かびあがるやいなや、すっと夢炉は消えてしまった。

その場所から手を遠ざけると、夢炉が現れる。また触れると消え、手を遠ざければまた現れる。

そうそう、これよ！　これでいいんじゃないかな⁉

雅な飾り彫りなどはないけれど、大きな銀色の卵には魔術紋が描かれていて、なかなかかっこいい気もする。

ハーフドワーフの今現在持てる知恵を全部載せた、夢炉改良三号。

さぁ、ドラゴン！　いざ、尋常に勝負です‼

ドラゴン。
それはこの世界では最強と言われている生き物で、場合によっては未曽有の大災害を引き起こす。
ドワーフの国にはもちろんいなかったし、森で見かけるなんてこともなかった。ただ、世界にはそれがいて、国が滅ぼされることもあるのだと、おとぎ話のように本に書かれていた存在。

それが、いた。

魔王城の地下は広大で、広い洞窟までもあったのだ。

魔王様に案内されたここが、ドラゴンとのふれあいの場らしい。わたしのうしろには念のためだと言ってついてきたシグライズ様もいる。

ミーディス様は念のため来なかった。え、念のため来ないってどういうこと。魔王様に何かあった場合の備えってこと⁉　念のため怖い！

広い空間に収まっているドラゴンは、三階建てビルくらいの大きさだった。

真っ赤な鱗は金属のように硬質なきらめきを放ち、背中側を覆っている。腹の方は白くしなやかな、相当高値がつきそうな皮だった。

大変強そうだけど、今日はむざむざとやられはしないですよ！（夢炉が）

無残にもぺっちゃんこになった夢炉改良二号の無念を晴らすのだ。

ディランさんにヒントをもらってから仕上げた夢炉改良三号が、最強の生物に挑む。

背の羽は折りたたまれておとなしく座っているドラゴンは、赤い瞳でわたしを見下ろしていた。

わたしはビシッと言ってやった。

「わわわたた、わた、わたしの夢炉は、もももうやられたりしないと思いますから！　いいいいいいいざ、勝負させていただきます！」

「……嬢ちゃん、魔王様の背中に隠れて言っても、聞こえないかもしらんぞ？」

シグライズ様、思いを込めて伝えれば言葉は伝わるんですよ。

前に出るなんて無理です。だって怖いじゃないですか！

大きな体。

口元から覗く牙。

その奥でちらちらゆらめいている炎。

指先で尖っている爪。

全身から立ち上る魔力。

どれもこれも怖い。すっごい怖い。恐ろしい！

「ノーミィよ。我の愛するレッドドラゴンのブラッドエンペラーだ。会いたいと言ってくれてうれしいぞ。ナイトメアもガルムもケルベロスも紹介しようではないか」

「いいいいえ、ドドドドラゴン様だけで、けけ結構ですぅ！」

「そう、遠慮せずともよい」

全力で遠慮させていただきます！

「ドドドドラゴン様！　そそそ、その夢炉を、踏めるものなら踏んでみやがれてくださいぃぃぃ！」

『グオゥ？』

「ひぃぃぃぃぃぃ‼‼‼‼」

思いを込めて言ったからちゃんと伝わったらしい。

ドラゴン様は前足を上げ、夢炉に向かって下ろした。

「……っ」

「ああ………」

「嬢ちゃんあれ………」

虫けらのごとき小さな夢炉は当然前足の下へ見えなくなった。

ドラゴン様は不思議そうに首をかしげている。

そして、下ろした前足を上げた。

夢炉が――――あった。

そのままの形を保ったまま、その場にちんまりと佇(たたず)んでいた。

「潰れて、ないではないか………！」

「ああ⁉　どういうことだ、嬢ちゃん！」

「…………い、やったぁぁぁぁ‼」

魔術紋と魔術素材で考えに考えた。

そしてとうとうドラゴンにも負けない魔導細工が爆誕！

〝押してだめなら引いてみろ〟

前世の昔の人はいいことを言う。防御して防御してだめなら引いてみればいいのだ！

驚きと喜びに沸くわたしたちを気にもかけず、ドラゴンは不思議そうに前足を上げたり下げたり上げたり下げたりしている。

『グオーゥ？　グオ――ゥ……？　ググググオ――――ゥ‼』

そのうちだんだん本気になってきたらしく後ろ足やらボディやらを使って、夢炉を踏み潰そうとしている。

それでも夢炉は何事もなかったかのように鎮座していた。

完璧（かんぺき）。完全防御ですよ！　わたし、すごいのでは⁉

『グオォォォォォォオオオ‼』

意地になったドラゴンは勢いよく跳びはね、頭が洞窟の天井にぶつかった。

天井の大きな岩がボロリと落ちた。

「「「あ…………」」」

岩に魔力はない。

魔力がなければスイッチは入らず、［転移］の魔術紋は動かない。

わたしたち三人の目の前で、夢炉改良三号は落ちてきた岩の下に消えた。

ドラゴンには勝ったけど、自然災害には勝てなかったよ――――！

わたしは敗北の二文字を背負い、がっくりと膝をつくのだった。

とぷんと広い湯舟に浸かり、息をついた。

腕を伸ばして、首を回す。いい湯加減の温泉が疲れた心と体に染み渡る。

たまには広いお風呂もいいなぁ。夢炉といっしょに潰れた心も、少しは癒えるよ。

魔王城の大浴場は、暁石ランタンの明かりと仕事後のなごやかな空気に包まれていた。

カピバラたちに占領されている広い浴槽は相変わらずカピバラパラダイスなんだけど、設備部が新しく浴槽を作ってくれたのだ。大きいものを作るのは得意な者がいるみたい。

湯の出口は二つに分けられ、元の浴槽と新しい浴槽へと流れている。

新しい浴槽は縁が高いので、カピバラたちは入れないというわけ。元の浴槽ほど広くはないんだけど、五人くらいはいっしょに入れる。

「細工師さん～、この間作ってもらったお掃除洗浄機、すごくいいですよ～。浴場掃除がすごく楽になったんですよ！」

　お掃除係のお姉さんに言われて、ふふふと笑う。

「お役に立ててよかったです」

「あ、シャワーもすごくいいです！」

「そうそう。フックもあるから腰が楽で。ありがとね、細工師さん」

　シャワーフックがあると便利だなと思って作ったんだ。わたしでも使いやすい高さのものもあり、壁に三段階の高さで付いている。

　お掃除係さんたちと和んでいると、赤毛の四天王様ベルリナさんが浴場に現れた。

「ノーミィちゃんが大浴場にいるの珍しいんですけど！　いっしょに入っていい？」

「もちろんです！　お疲れさまです、ベルリナさん」

「今日は王都の見回り当番だったから疲れた〜。でも、魔石鍋でとんこつスープ麺食べられたから乗り切れたの〜。あれは本当に素晴らしいんですけど！　最近、自分で焼豚を用意しておいて多く載せるのが軍で流行ってるの」

　はっ！　アレンジ？　ちょい足し？　日本の誇るべき文化が魔王国にも！

「……柑橘をちょっとだけ搾って味変しても美味しいですよ」

「何それ！　味変って新しい言葉なのに妙に惹かれるんですけど！」

　ふふふ。美味しいものに貪欲であれですよ！

「……特別に作ってもらった昼夜ランタンもすごくいいの。寮でも暗闇にして寝てるのよ。魔導細工って本当にすごいんですけど」

こっそりと耳打ちしたベルリナさんはうれしそうに笑った。

ランタンも、そんなに使ってもらったら本望だと思います。

みんなに喜んでもらえるのはうれしいな。

数か月前のことが嘘みたい。村でのつらかったことを忘れている時もあるくらいだなんて。

こんなに褒めてもらったらがんばるしかない。

「あ、ノーミィちゃん。果物の入ったカゴが洗い場の棚に置いてあるから、カピちゃんたちにあげてもいいよ。食べてもいいし」

「それじゃ、いただきます」

浴槽から上がって、籠(かご)の中から山リンゴをいくつかもらう。

ミニトマトを一回り大きくしたくらいのリンゴをかじると、クラウが現れた。

……目ざとい。食べ物には本当に目ざといよね。

クラウにも差し出すとうれしそうにつっついた。カピバラたちにもあげる。

「――君たちは、すっかり居着いちゃってるよね。魔王様の用意してくれた洞窟には戻らないのかな?」

一番近くにいたカピバラに聞いたけど、ちらりとも見ずにリンゴをもぐもぐと食べている。

まぁ、魔王様も男湯で可愛がっているだろうから、いいのかな。いるところに出向けばいいわけだし――――あ。夢炉も、魔王様の居室に備え付けにしたら、魔王様は帰るしかなくていいんじゃない……？

寝室で寝るしかないし、外に持っていけないし、全部解決するかも……！

わたしはいいこと思いついちゃったなぁとホクホクしながら、眠そうなカピバラさんをすりすりと撫でたのだった。

あとがき

はじめましての方、お久しぶりの方、お会いできてとてもうれしいです。ものづくりが大好きな作家、くすだま琴(こと)です。

世にも珍しいハーフドワーフのノーミィが好き放題に細工品を作り出す――いえ、がんばってお仕事をする本書。

こちらは小説投稿サイト「カクヨム」で開催された「楽しくお仕事 in 異世界」中編コンテストにて優秀賞をいただいた作品となっています。

コンテスト応募時は五万字ちょっとだったのですが、設定変更をして書き下ろしエピソードをたくさん加え、倍以上のストーリーを一冊に詰め込みました。

さらに、イラスト担当かるかるめ様の素敵なイラストもぎゅぎゅっと詰め込まれています！ ノーミィは可愛いし、魔王とシグライズはイケメン過ぎませんか⁉ アクアリーヌとミーディス様(宰相閣下だけ様付けになるのは仕方がないことなのです)を見た時は変な声が出ました。想像通り、いえそれ以上で！ あとクラウが‼ イイ‼ かるかるめ様、ありがとうございます！

そんなわけで、Ｗｅｂ版でお読みいただいている皆様にも、新たに楽しんでいただけるかなと思っています！（ちなみにＷｅｂ版は粗削りなままの文章で、コメディ味が濃いです。気になる方はよろしければ「カクヨム」の方へどうぞ……）

ぽつぽつと書いたものが本になり皆様のお手元に届くというのが未だ夢のようですが、ただただうれしく東西南北の全方向に頭を垂れるばかりです。

カドカワＢＯＯＫＳ編集部のＡ様、頼もしいお言葉にいつも励まされておりました。書籍化作業はとても楽しい時間でした。同じく編集Ｓ様、きめ細かいフォローとお気遣いをいただき、大変助かりました。お二方、そして編集部のみなさま、本当にありがとうございます。

コンテスト開催サイトであるカクヨム編集部の皆様、制作販売に携わってくださった全ての皆様に、深くお礼申し上げます。

そしていつも応援してくれる画面の向こうの皆様と友人たち、温かい目で見守ってくれるＭと目から鱗のアイデアをもたらすＴにたくさんの感謝を。

最後に最大の感謝を、読んでくださったあなたに。

またどこかでお会いしましょう！

カドカワBOOKS

魔導細工師ノーミィの異世界クラフト生活
～前世知識とチートなアイテムで、魔王城をどんどん快適にします！～

2023年11月10日　初版発行

著者／くすだま琴

発行者／山下直久

発行／株式会社KADOKAWA

〒102-8177
東京都千代田区富士見2-13-3
電話／0570-002-301（ナビダイヤル）

編集／カドカワBOOKS編集部

印刷所／暁印刷

製本所／本間製本

●お問い合わせ
https://www.kadokawa.co.jp/（「お問い合わせ」へお進みください）
※内容によっては、お答えできない場合があります。
※サポートは日本国内のみとさせていただきます。
※Japanese text only

Printed in Japan
ISBN 978-4-04-075147-4 C0093